BUENO
BUENO
CRIS Y M.del

BESTSELLER

Caroline Vermalle nació en 1973. Se diplomó en la Escuela Superior de Estudios Cinematográficos de París y trabajó en la BBC, donde ha escrito y producido varios documentales. En 2009 publicó su primera novela, *La penúltima oportunidad*, que tuvo un gran éxito en Francia, donde fue galardonada con dos premios, y en Alemania. Su siguiente novela, *El día que me atreví a ser feliz*, ha tenido una acogida similar en Alemania. Actualmente se encuentra en algún lugar del planeta acompañada de su familia y el manuscrito de su siguiente novela.

CAROLINE VERMALLE

El día que me atreví a ser feliz

Traducción de
Teresa Clavel

DEBOLSILLO

Título original: *L'île des beaux lendemains*

Primera edición : abril, 2014

© 2012, Bastei Lübbe, S. A., Colonia
© 2014, Penguin Random House Grupo Editorial, S. A.
Travessera de Gràcia, 47-49. 08021 Barcelona
© 2014, Teresa Clavel Lledó, por la traducción

Printed in Spain – Impreso en España

ISBN: 978-84-9032-961-0
Depósito legal: B-3.188-2014

Compuesto en gama, sl

Impreso en Liberdúplex
Sant Llorenç d'Hortons (Barcelona)

P 329610

Para M y D, que elevaron mi corazón

La vejez es la edad de los descubrimientos.

BENOÎTE GROULT

En la vejez no hay lugar para los cobardes.

BETTE DAVIS

1

Apenas sé nada de las cosas de los hombres. Y aun así, aquella mañana, en aquel tranquilo camino de la isla de Yeu, sabía que algo no iba bien.

Maniola jurtina, mariposa de la familia de las *nymphalidae*. Seguramente os habéis cruzado alguna vez en las carreteras campestres con mis alas de color amarillo subido, marrón y anaranjado. Del vasto mundo solo conocía aún, aquel día de junio, las piedras del murete, allá abajo, junto a la vieja furgoneta Citroën. Había nacido dos días antes. ¿Veis ese montón de polvo envuelto en telarañas, al lado de la hiedra? Es mi crisálida secándose. En aquella época todavía no me había decidido a acercarme a la casa de aromas especiados, al fondo del jardín. Mi exploración se había limitado a las moreras, junto a la valla; Apeliotes, el viento del sudeste, me había susurrado que el camino que se extiende al otro lado del buzón herrumbroso lleva a la playa. Por eso, cuando noté esa vibración extraña en mi revoloteo, al principio me dije que venía del mar. Después la vi. Vi a la que todos esperábamos.

Una mujer, muy delgada. Casi frágil. Su bicicleta chirriaba un poco, pero nada explicaba lo que flotaba a su alrededor: una música, no, un ritmo cada vez más potente a medida que quedaba atrapada en su estela. Decían que la muerte de una mariposa la había emocionado tanto que había cambiado la trayectoria de su vida. Yo revoloteaba en torno a ella. El perfume anticuado de su cárdigan, la laca almizclada que fijaba sus cabellos blancos y el débil brillo de una pequeña esmeralda sobre su cuello salpicado de manchas me lo susurraban: era vieja. ¿Era realmente ella? ¿Tienen los hombres control sobre su destino a una edad tan avanzada? Pero olvidé súbitamente esas dudas, había comprendido lo que revolucionaba aquella mañana corriente: el latido de su corazón.

Un latido tan fuerte y tan rápido que desentonaba con aquella carretera tranquila. Sin apartar los ojos de la casa blanca, se detuvo y apoyó delicadamente la bicicleta en la vieja pared. Luego, con la cabeza erguida, empujó la pequeña valla de madera azul. Avanzó sobre las baldosas de piedra que zigzagueaban entre las macetas con flores. A medida que se acercaba a la casa, se oía una sinfonía de cacerolas in crescendo y el estruendo de su corazón aumentaba. Yo aleteaba como enloquecida. Detrás de los arbustos, descubrió la entrada. Estaba abierta de par en par.

Una silla vieja, sobre la que descansaban unas botas de goma de niño, sujetaba la puerta. El suelo brillaba y despedía un olor a pino. La mujer llamó a la puerta, pero el ruido se perdió en el estrépito de cacharros. Así que agitó las pestañas del color de la Falsa Limbada, recobró el aliento y se animó por fin a decir:

—Buenos días, perdón, ¿hay alguien?

Las cacerolas se callaron, unos pasos sonaron sobre las losetas y el pecho de mi dama pareció reprimir de repente a un dios encolerizado. Salí volando a toda prisa para esconderme en la sombra de una contraventana azul: ¿qué había venido a hacer a este lugar que prometía tantos tormentos a su corazón fatigado?

2

Fue Céfiro, el viento del oeste, quien me habló de ella. La recordaba muy bien. La había visto un mes antes, una noche sin nubes, en Erquy, en Bretaña.

22.02 h.

Había entrado por el buzón, una abertura en el vidrio granulado con barras de hierro forjado de la puerta de entrada, que daba directamente a la calle de Ker-Huitel. ¿Qué tramaba ese pillo de Céfiro en aquella casa donde no había nada con lo que jugar? Ni polvo ni desorden, y nada para formar corrientes de aire. Pero Céfiro —que se contentaba con poca cosa— había tenido noticias de un pequeño acontecimiento que iba a tener lugar aquella noche, y esperaba con impaciencia que llegara ese momento. Se deslizaba sobre las impecables baldosas de cerámica hexagonales, incordiando a las plantas en sus recipientes de cobre, chinchando a los pañitos de encaje y sus objetos decorativos antiguos. Pero, cuando llegó a la cocina, vio a nuestra dama de la isla, Jacqueline Le Gall, muy peripuesta con una blusa de seda y encaje perfectamente planchada, en medio de los preparativos de una cena para cuatro. De pie junto al fregadero, tenía en las manos los resultados de unos análisis médicos y trataba de descifrarlos. Delante de ella, una mariposa nocturna atacaba con obstinación la ventana, intentando en vano escapar hacia la noche que caía. Marcel, su marido, un septuagenario alto y atlético de aspecto militar, iba de un lado a otro de la cocina repitiendo mientras gesticulaba:

—Siempre te preocupas por nada. ¡Ya te lo había dicho yo, que no estaba enfermo! Haces una montaña de un grano de arena, Jacqueline. Y no me hace ninguna gracia ir al médico cada dos por tres, ¿sabes? En fin, si para que estés contenta basta con eso... Pero ¡hacer que me pinchen, además...! ¡De eso ni hablar! Porque voy a decirte una cosa: esta prueba no era plato de gusto. Así que ya está bien...

Jacqueline seguía mirando la hoja.

—¿Qué es esto? —preguntó, señalando con el dedo una línea del documento.

—¿El qué? Déjame ver. —Marcel se puso las gafas que colgaban de su cuello y cogió el papel con impaciencia—. ¿Eso? ¡Eso no es nada! —dijo, enfadado—. Es lo que hace que sea estéril. Ya te lo dije la última vez.

—No me lo habías dicho —contestó Jacqueline en un tono de voz neutro.

—Sí, acuérdate, fue el año pasado, cuando te empeñaste en que me hiciera la prueba del cáncer de próstata. Otro buen recuerdo, mira por dónde, y gracias a ti. Te lo advierto, Jacqueline, es la última vez que me hago pruebas a lo tonto. Bueno, los Charon se retrasan, ¿qué estarán haciendo?

Sin esperar respuesta, Marcel había reanudado su monólogo. A sus setenta y seis años, estaba en plena forma. ¡Y que no le dijeran que nadar todos los días en el mar desde hacía veinte años no tenía nada que ver! ¡Veinte años tomándolo por un pobre loco porque se bañaba incluso en invierno! ¡Veinte años diciendo los frioleros que iba a dejarse la piel en aquellas aguas que no estaban hechas para los viejos, abatido por una ola, o por el frío, o simplemente por la arrogancia de hacerlo! Pero, pese a todo eso, ¡ahí estaba la última palabra, en el informe del doctor! ¡No tenía NADA! ¡Nada más que un cuerpo de campeón y la combatividad intacta!

—Y mira, ese proyecto de recorrer el Loira a nado, mil kilómetros, si lo hiciera, les taparía la boca, te lo aseguro... En fin, de eso hablaremos luego —dijo, lanzando a su mujer miradas de soslayo.

Pero Jacqueline hacía un rato que había dejado de escuchar. Había permanecido de pie, agarrada al borde del fregadero. Su tez tenía el color de las articulaciones de sus dedos crispados, un blanco diáfano de donde la sangre había desertado. Estaba absolutamente inmóvil, pero se habría dicho que el tiempo había tomado por fin posesión de su rostro. Tan solo sus pestañas cargadas de rímel azulado se atolondraban, se movían como las alas de aquel insecto contra el cristal frío. Su mirada brillante de lágrimas contenidas se posó lejos de su locuaz marido.

—Abre la ventana... —murmuró mirando a la mariposa, que estaba extenuada.

Pero nadie obedeció porque había sonado el timbre. Los invitados habían llegado.

Renée y Paul eran unos viejos amigos, ama de casa ella y profesor jubilado él, que vivían a unas manzanas de allí. Paul, de setenta y nueve años, era un hombre de ojos chispeantes y cejas pobladas, cuya escasa cabellera pretendía aún, con optimismo, estar revuelta. Conocía a Marcel, el marido de Jacqueline, desde su traslado a un instituto bretón, treinta años antes. Paul había formado con Renée, de ochenta y un años (cabello caoba, voz aguda y sonrisa a prueba de bomba), un matrimonio tranquilo, y con ella había tenido cuatro hijos. Céfiro paseaba el eco del tintineo de los tenedores contra la porcelana por el pasillo y transportaba las conversaciones de los comensales al silencio de las habitaciones de arriba. La que menos hablaba era Jacqueline. Trasladaba sus movimientos ansiosos de la cocina al comedor, atormentada entre una pila de platos delicados y cajas de cartón de la tienda de comidas preparadas, oculta tras una sonrisa muda entre las risas, torpe cuando se acercaba a Paul, siempre eclipsada por Marcel. En aquel momento de la velada, Jacqueline todavía era como todas esas esposas burguesas a las que la comodidad de un matrimonio sin amor ha transformado en mariposas disecadas.

Se hacía tarde, la noche estaba preciosa y Céfiro empezaba a aburrirse en el interior. Quizá le habían dado una información falsa y el acontecimiento no tendría lugar. Pero, de repente, Renée pidió disculpas y se levantó de la mesa con gran dificultad. Se dirigió hacia el vestíbulo y revolvió bajo el perchero para sacar una bolsa de plástico de Intermarché. Parecía tener prisa. En el salón, Paul se levantó también, alargó el cuello para ver a Renée y, sin más ni más, apagó la luz.

—Pero ¿qué...? —dijo Marcel.

El rostro de Renée, iluminado por unas velas, emergió de la oscuridad del vestíbulo, y Paul se unió a ella para entonar:

—¡Cumpleaños feliz, cumpleaños feliz, te deseamos, Jacqueline, cumpleaños feliz!

Antes de que el pastel hubiera podido tocar la mesa, Marcel se había levantado para encender la lámpara de techo.

—¡Que se vea al menos algo para soplar!

Jacqueline estaba colorada como un tomate y no sabía qué hacer con la servilleta.

—¡Renée, no hacía falta que te tomaras tantas molestias! No tenías que haberte liado tanto, yo había preparado una ensalada de frutas.

Era el momento que Céfiro esperaba: el de soplar. Pero la anciana se quedó parada. No sabía qué edad tenía. ¿Setenta y tres o veinte? Había perdido la cuenta. Su soplo rozó las llamas con una gran delicadeza, como si no quisiera molestar.

Renée, Paul y Marcel, cada uno a su manera, soplaron entonces con más energía y las velas se apagaron entre un «Aaah» de satisfacción. Céfiro, muy excitado, dio unas cuantas vueltas formando traviesas volutas y se instaló, suspirando de contento, junto al pastel de chocolate, tras haber aspirado el olor de cera propagado por el humo de las velas sobre los cabellos de las damas.

Paul y Renée habían pensado en todo, incluido el champán y un regalo.

—Pero ¡bueno! ¿Más cosas? —exclamó Jacqueline retirando el papel de regalo, sobre el que brillaba la etiqueta dorada de una librería—. Hay que ver..., no tenéis medida... »*La salud por los alimentos*, del doctor Vaillant —leyó—. ¡Muchas gracias!

—Tenéis suerte de que no lo tenga ya —añadió Marcel—. Nuestra biblioteca está llena de libros como este. Me pregunto qué se les habrá ocurrido decir que suponga una novedad. Hace cincuenta años que escriben las mismas tonterías.

—Gracias, Renée, pero no hacía falta, de verdad —murmuró Jacqueline con una sonrisa graciosa.

Dobló con delicadeza el papel de colores y lo puso bajo el libro. Apenas probó el pastel, pero Marcel repitió dos veces, así que la cosa no fue grave. Preparó una infusión en una tetera japonesa y la sirvió en unas tazas antiguas. Después se sentó entre sus amigos, sin hacer ruido, y los dejó hablar incansablemente.

23.28 h.
Renée y Paul se habían marchado a su casa. Céfiro iba a irse también, pero tenía ganas de compañía. Se quedó el tiempo suficiente para observar a Jacqueline sola en la cocina con la vajilla sucia. Se ceñía el cárdigan al cuerpo mirando la mariposa nocturna que ahora yacía, muerta, en el reborde de la ventana.

Observó a través del cristal, pero solo vio su propio reflejo y el de la habitación desordenada. De noche, la ventana sobre el fregadero se convertía en el espejo de todas sus discusiones con Marcel y de todos los esfuerzos que habían hecho para quererse; de todas sus comidas los dos solos y de su apetito, que nunca había llegado; de toda su vida desde hacía cincuenta años, tanto de la que había tenido como de la que había soñado con tener.

La mariposa también había intentado pasar a través del espejo. Pero ninguna de las dos lo había conseguido.

Oyó a Marcel subir al dormitorio. No tardarían en sonar, arriba, sus ronquidos, acompañados del tictac del viejo despertador colocado junto a sus gafas, así como del de Jacqueline, al otro lado de la cama. Armaban ambos el mismo escándalo. Pero no al unísono. En los dos despertadores, el tiempo pasaba igual, ni más deprisa ni más despacio, pero jamás coincidían los dos latidos. «Tic tic, tac tac, tic tic, tac tac...» Ni siquiera cuando acababan de darles cuerda. Era así.

Aquella noche, algo impedía a Jacqueline ir a acostarse. Una lasitud particular; quizá también el olor de las velas apagadas, el perfume de esos años que se habían ido, convertidos en humo. Pero ¿no se decía acaso: «Mañana será otro día»? Para Jacqueline, la renovación de los días se había detenido hacía cincuenta y seis años. Veinte mil cuatrocientas cincuenta y cuatro noches.

Jacqueline intentó sobreponerse, identificar lo que la paralizaba allí y liberarse de ello con pensamientos más alegres. Pero descubrió lo que ocurría en su interior y le produjo una conmoción. Cuando, en el momento de soplar las velas, había perdido durante una milésima de segundo la noción de la duración de su vida, se había dado cuenta, en un destello de conciencia fulgurante, de que se había equivocado de existencia.

En la ventana, el reflejo amarillo de la cocina se esfumó para dejar paso a un cielo con los colores de antaño y a Nane. Nane, de veintitrés años, invariablemente vestida de negro, figura esbelta, gracia rebelde. Nane en su casa de la infancia en Touraine, en la residencia de Montrie. Sus manos largas y finas —y frías, como las de Jacqueline—, su voz potente, su barbilla alta, sus cigarrillos. Los domingos de invierno en que se metían en la cama para entrar en calor. Y luego, aquel día de 1953, mientras Jacqueline se iba en un coche que no era el suyo, Nane en la ventana con ese aire orgulloso y triste y sus preciosos cabellos negros que se mezclaban con sus adioses. ¿Qué edad tendría ahora? ¿Ochenta años? No... Era de 1930, de diciembre, eso hacía casi setenta y nueve. ¡Dios mío, setenta y nueve años! Al parecer vivía en la isla de Yeu, en la costa de la Vendée, tocando a Bretaña.

El cristal proyectó por un instante la imagen de una casa bajo el sol estival, el reencuentro improbable de Nane Verbowitz y de Jacqueline, esas primas que llevaban cincuenta y seis años sin verse. Abrazos, recuerdos evocados entre risas. Luego, nada más. Tan solo la cocina, los platos sucios y la mariposa muerta.

Jacqueline no se movía. Miraba el insecto. ¿Cuánto tiempo había vivido? ¿Y cuánto tiempo más habría podido vivir, si alguien hubiera abierto esa ventana?

El tictac del dormitorio, arriba, seguía sonando en su cabeza. Ya era hora de ir a acostarse.

Pero Jacqueline no subió.

Y Céfiro esperó, conteniendo la respiración.

00.39 h.

Una vieja libreta de direcciones con tapas de piel gastadas en las manos finas de Jacqueline. Faltaban la X, la Y y la Z, pero la V todavía estaba. Ningún Verbowitz. Jacqueline notó cómo la invadía la decepción. Luego, lentamente, abrió la libreta por la D.

> Nane ~~Darginay de Boislahire~~ Verbowitz
> Villa Linda Flor
> Calle de la Forge
> 85350 Isla de Yeu

La letra cuidada sobre la página amarillenta le hacía pensar en plácidas olas.

Fuera, la noche parecía haber impuesto silencio e inmovilidad a todas las cosas. Y sin embargo, cuando el mar de fondo contenido en esa dirección alcanzó a Jacqueline, esta no se movió.

Dos días, tres trenes, un barco y mil kilómetros más tarde, Jacqueline dejaba su bicicleta apoyada en el murete, junto a la vieja furgoneta Citroën, ajena al insecto que revoloteaba a su alrededor. Pero todas las mariposas sabían que la dama que se había emocionado con la muerte de una de las nuestras había llegado a buen puerto.

3

Tal vez os sorprenda este interés tan vivo: la mayoría de los hombres imaginan a los insectos libando de flor en flor, indiferentes al resto del mundo. ¡Si supieran lo bien que nos lo pasamos con los vodeviles que se representan en sus jardines! Porque los hombres, por civilizados que sean, solo tienen dos ojos. Y nosotras tenemos mil cada una. Por no hablar de nuestras alianzas con los vientos: esos granujas se enteran prácticamente de todo, pero ¡madre mía lo que hay que negociar para tirarles de la lengua! ¡Ah, todas esas cosas que los hombres se ocultan, todas esas palabras íntimas que intentan silenciar, qué deliciosamente límpidas son para nosotras! Creedme, una mariposa no se aburre nunca. Sobre todo cuando los secretos son grandes, como los de nuestra bella dama de la isla.

En aquel momento preciso estábamos como adolescentes descontroladas, porque, pese a nuestras antenas al acecho y a la inteligencia de los vientos, sabíamos que la Jacqueline que avanzaba entre nosotras nos hurtaba una parte de sí misma. Aunque más fascinante todavía era el hecho de que parecía ajena a su propio corazón. Los hombres aseguran que un batir de alas de mariposa basta para provocar seísmos y tormentas. Los insectos no son amantes de las revoluciones, pero algunos de ellos son poetas. Es el patrimonio de los que saben que la vida es breve. Nuestra dama de la isla, *terra incognita* de sí misma, ¿iba a encontrar aquí lo que buscaba antes de que fuera demasiado tarde?

En el umbral de la casa, Jacqueline descubrió el rostro moreno de una chica que asomaba la cabeza por el hueco de la puerta de la cocina para no pisar el suelo mojado de la entrada. Tenía una melena negra con un mechón teñido de rojo y una boca que Jacqueline calificó de arisca.

—¿Sí? ¿Qué quiere?

—Buenos días —saludó la anciana—. Siento molestarla, soy una amiga de Nane, bueno...

—Oiga, ¿le importaría dar la vuelta? Acabo de pasar la fregona —dijo la chica, haciendo amplios gestos con los brazos—. Sí, vaya a la parte de atrás, ahora voy yo. Eso es, al otro lado.

Jacqueline rodeó la casa. ¿Había muerto Nane sin que ella se enterara?, se preguntaba. Hacía mucho que no tenía contacto con la familia, pero un fallecimiento..., eso se sabía. Había tenido noticias de la muerte del marido de Nane, el pintor Aleksander Verbowitz, cuya entrada en el Petit Larousse toda la familia se había aprendido de memoria (y a escondidas), como consecuencia de un accidente de tráfico. Jacqueline no había asistido al entierro. ¿Se había ido Nane a una residencia de ancianos? En cualquier caso, de una cosa no cabía duda: esa chica hosca no era familia suya, ni del pintor, que era rubio, de sangre polaca. Era a todas luces extranjera, pero ¿marroquí, argelina...? ¿O quizá gitana?

Detrás de la casa, Jacqueline descubrió un espléndido terreno con una gran extensión de césped, un pequeño huerto, un bungalow al fondo, unos cenadores, un pozo del que salían cañas de bambú y una bonita terraza donde se acumulaban numerosas plantas. Una bicicleta de niño, herramientas de jardín, una vieja mesa de hierro forjado. Todo era absolutamente armonioso hasta que la mirada de Jacqueline se topó con lo que yacía en una tumbona: una mujer dormida, con una camiseta informe y unas greñas que debían de tener doscientos años, ralas, descuidadas y víctimas de un tinte desafortunado. Un rostro que terminaba en una barbilla triple o cuádruple, y surcado por tantas líneas como los flancos de un elefante. La boca abierta dejaba salir un ronquido cavernoso, y unas manos tan maltratadas como madera de deriva sujetaban una novela policíaca apoyada en sus enormes muslos, prolongados por unas pantorrillas colgantes.

Jacqueline estaba ahora convencida de que nada la retenía allí, de que no podía haber ningún vínculo de parentesco entre aquellas residentes vulgares y Nane Verbowitz, de soltera Darginay de Boislahire. Pero, antes de que hubiera podido pensar en dar media vuelta, la chica del mechón rojo apareció en la terraza.

—¿Qué quería? —le preguntó a Jacqueline, tendiéndole la mano.

Sus dedos estaban sucios y olían a pescado. Jacqueline le estrechó la mano de mala gana.

—Bueno, nada, yo... yo... estoy buscando a la señora Verbowitz, antes vivía aquí. Pero es evidente...

—Sería mejor que viniera en otro momento, porque ahora es la hora de la siesta —contestó la chica señalando con la barbilla al monstruo adormecido.

Jacqueline miró, horrorizada, a la mujer que dormía.

—Sí, sí, pasaré en otro momento —dijo cuando se hubo repuesto—. Muchas gracias —añadió, dirigiéndose ya hacia la carretera.

—¿Para qué quería verla? ¿Puedo darle algún recado?

—No, no, no se moleste, no era nada...

—Por lo menos decirle quién ha venido, no he entendido su nombre —insistió la chica.

—Jacqueline Le Gall, pero no se preocupe, de verdad.

—Lo mejor es que vuelva hacia las seis..., aunque, no, esta noche tenemos visita. Mejor mañana, ¿de acuerdo?

—Sí, mañana entonces —dijo Jacqueline, que ya se había alejado.

—Le diré que vendrá usted mañana hacia las seis.

—De acuerdo, sí, de acuerdo, ad...

Pero, antes de que hubiera podido acabar la frase, una voz formidable tomó por asalto el jardín:

—¡Vaya, sabía que el viento del sur nos traía lluvia, pero si además trae a las viejas primas, no sé cómo nos las vamos a arreglar! ¡Ja, ja, ja, ja, ja!

Una risa atronadora brotó de la tumbona, seguida de una terrible tos que no se acababa nunca. Nane se había despertado.

—Jacqueline, no salgo de mi asombro. ¿Qué haces aquí? Arminda, hija, ayúdame a levantarme, ¿quieres?

—Es que estaba con los centollos y tengo las manos mojadas —refunfuñó la chica, secándoselas con el delantal limpio.

—Bueno, los centollos no han matado nunca a nadie. Vamos, pon un brazo aquí para que pueda...

Y fueron necesarios todos los esfuerzos de Arminda para que Nane consiguiera despegarse de la tumbona. La operación fue laboriosa y estuvo marcada por gruñidos. La incomodidad de Jacqueline ante aquel cuadro indigno se transformó en un descorazonamiento doloroso. ¿Qué había hecho el tiempo de su bella Nane? Dios mío, ¿qué había hecho?

4

Jacqueline no había podido evitarlo. Había tenido que acompañar a Nane y a Arminda a la casa de los centollos. Desde el salón lleno de antigüedades desparejadas, abarrotado de libros polvorientos y sembrado de cuadros extraños, hasta el pequeño pasillo con miles de marcos amarillentos y luego a la cocina, donde el calor húmedo con olor de mar rebosaba de las cazuelas, Jacqueline había buscado una tabla de salvación. Un adorno, un gesto, una costumbre, algo que le hubiera susurrado al oído que había hecho bien en ir. En vano.

Se instalaron las tres en la cocina. Sobre el hule antiguo, grandes platos de pyrex y diferentes clases de útiles de cocina y bricolaje: martillo, tenazas, cascanueces. En el centro, una criatura roja a la que le faltaban patas: el centollo. Nane se sentó soltando un sonoro «Uf» en una pequeña silla de formica amarillo limón, sobre la que había un cárdigan de lana agujereado. Arminda sacó otra silla para Jacqueline, que dio un respingo al oír el ruido, semejante a un grito, de las patas metálicas contra el suelo. Por la ventana abierta se veía el jardín, tranquilo, multicolor y sombreado. Jacqueline debería haber encontrado allí buen humor: por ejemplo, en los motivos de flores descoloridos de los azulejos de cerámica, encima del fregadero, o en las viejas espátulas de madera dentro de un tarro de mermelada, en el calentador de agua que ronroneaba, en las decenas de fotos de amigos felices colgadas en la pared de enfrente de la puerta y, sobre todo, en los ojos grises de Nane, francos, benévolos, que desafiaban los años y a los biempensantes. Pero Jacqueline solo veía lo que faltaba: un poco de sí misma.

—¿Te gusta la ensalada de marisco? —preguntó Nane.

—¿La ensal...? —empezó a decir Jacqueline.

—Los centollos que ves ahí no son para hacer guirnaldas, son para poner en la ensalada. ¿Vas a quedarte a cenar esta noche, ya que estás aquí?

—No quiero moles...

—No, no, no molestas, qué va. Bueno, cuéntame, ¿qué te trae por aquí?

—Pues... —Jacqueline no acertaba a dar con las palabras que había preparado y que llevaba dos días repitiendo—. Siempre he tenido ganas de visitar esta zona y, como pasaba por aquí, he pensado que quizá podría...

Nane había dejado de escuchar.

—Creía que querías congelar ese —dijo.

Jacqueline se volvió hacia Arminda, que sujetaba entre las yemas de los dedos un centollo vivo. El animal, todavía de color arena, pataleaba lentamente sobre una gran cacerola con la tapa un poco abollada y bajo la cual espumeaba un agua marronosa.

—Es para Jacqueline —explicó Arminda—. He hecho bien comprando cuatro, ya te lo había dicho.

Nane se volvió hacia su prima, que miraba con espanto cómo las patas se encogían y desaparecían en el agua hirviendo.

—Pasabas por aquí, ¿eh? —dijo Nane—. Pues, la verdad, esto está en el camino hacia ninguna parte.

—Todo el mundo me decía que la isla de Yeu era muy bonita, así que he venido a visitar...

—Ah, sí, visitar las islas... Yo lo hice hace mucho.

—Es realmente una preciosidad, las contraventanas azules, el mar, el puerto con el faro... —dijo Jacqueline.

—Ah, el faro, sí. Arminda, hija, dame la ensaladera verde, anda.

—Estás muy bien instalada aquí —continuó Jacqueline—. Es un lugar encantador. Además, no estáis lejos de Port-Joinville, para comprar es práctico...

—Muy práctico.

—Debéis de ir incluso en bicicleta, ¿no?

—Oye, tienes suerte de que no sea nada rencorosa —dijo Nane en el mismo tono desenfadado, mientras pelaba el marisco—. Soy vieja, pero todavía no he perdido la memoria. En el cincuenta y cuatro, en mayo del cincuenta y cuatro, te casaste con Le Gall, y desde entonces, ni una sola noticia. Y no ha sido por falta de ganas. Pero, mira, ponerme a darte lecciones no es mi estilo, y además ha llovido mucho desde entonces. Yo hice mi vida, y es una verdadera pena que tú no estuvieras dentro, pero, en fin, lo acepté. Y al cabo de cincuenta años apareces sin más ni más, y digo yo que no será para felicitarme por el color de mis contraventanas, ¿no?

Jacqueline soltó una risita nerviosa. Miraba la mesa buscando qué decir, balbuciendo «No, no..., sí, sí...» y deseando salir de allí corriendo.

—Y Le Gall ¿dónde está? —preguntó Nane antes de que su prima hubiera podido decir nada coherente.

—¿Cómo?

—Tu marido. ¿Por qué no está aquí? No ha muerto, me habría enterado. ¿Es simplemente que las islas no son lo suyo, o está visitando otra?

—No, no, se ha quedado en casa. Es que a él los viajes... —balbució Jacqueline—. En fin, no pasa nada.

—Vale, pues me alegro. Cenamos hacia las ocho, ¿te va bien?

Sin añadir nada, Nane y Arminda continuaron partiendo las patas de centollo a golpes de martillo, dientes y tenazas. Luego la anciana lanzó unas miradas de reojo a Jacqueline, que se retorcía los dedos, limpísimos, sin apartar los ojos del hule.

—Ha sido una buena idea venir ahora —comentó Arminda tras un interminable minuto de silencio—. Dicen que vamos a tener un precioso mes de ju...

—Tenía que irme de casa —la interrumpió Jacqueline—. Necesitaba aire.

—Ya hemos llegado a donde íbamos —dijo Nane, con una

pata de centollo entre los molares izquierdos—. Así que lo has dejado.

—No, no, no, no..., no lo he..., no he dejado a Marcel. No vayas a pensar... Simplemente tenía ganas de... tomarme unas vacaciones.

—Ajá —dijo Nane, ocupada con las tenazas.

—Fue un arrebato. En fin, hacía mucho que pensaba en ello, pero lo pensaba sin pensar.

—Ajá. Pásame el martillo, ¿quieres?

—Y además, hacía tanto tiempo que no te había visto...

—Oye, no ha sido una mala elección. No hay nada como esto para que uno rehaga su vida, porque, voy a decirte una cosa, estando aquí no puedes ir muy lejos.

—Es verdad, pero yo no he decidido en absoluto rehacer mi vida. Mi vida está en Erquy, no he dejado a Mar...

¡PUUUMMM! Nane dio un fuerte martillazo contra la mesa y las patas de centollo saltaron por los aires.

—Bueno, ¿cuánto tiempo vas a quedarte?

—Una semana, quince días quizá, si hace buen tiempo. Me he alojado en el hotel Atlantic, es muy coqueto.

—Pero, cuéntame, ¿qué te ha hecho Le Gall para que te vayas de casa así?

—Oh, nada, nada en absoluto, te lo aseguro, soy yo... —contestó Jacqueline recogiendo distraídamente los trocitos de cáscara que habían llegado hasta ella.

—¡A mí me va a contar lo que son los «Nada, nada»! —exclamó Arminda—. Justo por eso dejé yo al mío. Los «nada, nada» acabaron por formar una bola enorme y amargarme la existencia. Es muy sencillo, ya no soportábamos estar en la misma habitación. Y sabe Dios que lo intenté, con el niño y todo... Por lo menos en su caso los hijos deben de ser mayores...

—No tenemos hijos. Pero le aseguro que yo no he dejado a mi marido —repuso Jacqueline, que empezaba a mosquearse.

—Ya lo ves, hija mía, no eres la primera —le dijo Nane a su prima, señalando con la barbilla a Arminda—. Por aquí han pasado un montón de lisiados para hacer una cura de salud, te lo aseguro. Lisiados del corazón, de las patas, de la moral, de todo lo que quieras. Todos los que vienen aquí tienen algún cable cruzado. Nunca he entendido por qué vienen a mi casa, por el aire del mar quizá... En fin, mira, aquí el menú es el mismo para todo el mundo: te instalas en el bungalow del fondo del jardín, hay una cama y un pequeño aseo, no es nada lujoso, pero si quieres, es tuyo. No necesito alquilarlo...

—Oh, Nane...

—Déjate de cuentos... No tienes que pagarme nada, y no hay más que hablar. Eso sí, tengo una colonia entera de nietos y bisnietos que aterrizan aquí la segunda quincena de agosto...

—¡Qué dices! No me quedaré tanto tiempo...

—Eso ya lo veremos. Segundo, de lo de pintarrajearse como una mona para ir a ligar con chavales en la playa, ya puedes olvidarte, no soy Pinder. Los besuqueos...

—¡Dios santo, no! —dijo Jacqueline, sonrojándose.

—No es que yo sea una mojigata, pero tengo una vecina que trabaja para el servicio de inteligencia, no sé si me entiendes. Bueno, y para acabar, del guisoteo nos encargamos Arminda y yo, es cosa nuestra. Yo no soy difícil. La gente que tiene buen saque es bien recibida en mi mesa; los que comen como pajaritos, que se vayan a picotear con las gaviotas. Tú verás... Por cierto —añadió, volviéndose hacia Arminda—, ¿tenían semillas de cilantro en el súper?

Jacqueline agradeció a Nane que cambiara de tema. Habría querido esconderse en un agujero, lejos de aquella cocina donde los centollos mostraban sus vientres rojos. Posó la mirada en las grandes manos grisáceas de Nane, magulladas y pringosas de esa carne que olía a mar. Luego en las de Arminda, jóvenes, enrojecidas, despellejadas a fuerza de manejar cuchillos y sin duda niños, que terminaban en unas uñas mordidas. Por último bajó los ojos y vio sus propias manos, viejas, suaves y rosadas, perfumadas de azahar y adornadas con pequeñas piedras preciosas y antiguas. Y en sus arrugas, en esos surcos minúsculos, vio la vida que acababa de dejar, allá, en los ferrocarriles del continente. Dobló entonces los dedos sobre el viejo hule. No le gustaba la forma que tenían esas dos mujeres de insistir: ella no había dejado a su marido. Aquello era la prueba fehaciente de que ya no tenía nada en común con su prima: Nane debería haber sabido que Jacqueline no era esa clase de mujer. ¿Qué hacía en aquella cocina cuando todo la reclamaba en su casa, en Erquy?, pensó. Había cometido un error, esa visita era ridícula. Tenía que volver de inmediato.

A fin de encontrar el valor necesario para decirle que no a Nane, dejó vagar sus ojos verdes hacia la puerta del pasillo y estos se detuvieron en una foto colgada en la pared. Una foto de boda, de unas personas que no eran ni Nane ni Jacqueline. 1953. Un novio, una novia. Gente anónima. Y sin embargo, veía ahí su pasado, el cual de repente envolvió la cocina. ¿Qué hacía esa foto en aquel pasillo oscuro? ¿Y cuánto tiempo la miró?

—Eres muy amable, Nane —murmuró por fin—, pero... ¿estás segura de que no voy a ser una molestia?

Nane se había percatado de su interés por la foto y una imperceptible sonrisa nació en el lado derecho de su rostro. Jacqueline no se dio cuenta. Pero Arminda sí.

5

—¿Ya te he contado cómo colgué los hábitos? —preguntó Paul, sentado en el comedor oscuro de Marcel, el cual estaba delante de la ventana con los brazos caídos—. Si no te he contado ese episodio —prosiguió con una jovialidad forzada—, tengo que hacerlo, hombre. Historias como esa no las oirás todos los días, te lo aseguro.

Pero Marcel no prestaba atención. Miraba cómo Cecias jugaba con el mal tiempo.

La lluvia había encontrado su velocidad de crucero hacía ya una hora, pero las violentas ráfagas de viento no amainaban. Cecias, el viento del nordeste, parecía haber dividido el mundo en dos: inmóviles, las cosas pesadas —los postes, las casas bajas, los vehículos, las carreteras—, como atrapadas en una prensa chorreante. Aturulladas y rebeldes, las cosas ligeras, esos miles de insignificancias efímeras: las hojas de los árboles, las hierbas del borde de la carretera, una alfombra olvidada en una cuerda de tender, los cabellos de la vecina que luchaba para sujetar una contraventana. Ni un solo hombre feliz en medio de esas cosas, y, en la casa de Erquy, un silencio terrible. Jacqueline se había ido.

—Doscientas veces —respondió finalmente Marcel.

Paul seguía con los ojos a su amigo, que volvió a sentarse ante el café frío. El ruido de la silla al rascar las baldosas de cerámica hexagonales.

—Doscientas veces me has contado esa historia.

A Paul le habría gustado decirle que no se preocupara, que Jacqueline iba a estar fuera una semana, que todo el mundo necesita a veces unas vacaciones. Pero había como un regusto de abandono en su marcha. En la forma que tenía Marcel de remover el café con la cucharilla. Y Paul sabía que su amigo también lo percibía.

—Pues de todas formas voy a volver a contártela, mira, porque es posible que en la que te he contado doscientas veces..., no sé..., falten cosas.

Marcel levantó la cabeza y miró a su amigo. Paul vio de sopetón todas las edades de Marcel al mismo tiempo, y eso lo dejó sin respiración. Había habido muchas edades en las que había sido desdichado, tal vez no mucho más que cualquier otra persona, pero tampoco menos, y ahora era como si la vida le presentara la cuenta.

—Acababa de ser ordenado sacerdote —prosiguió Paul—, y no estaba poco orgulloso, como puedes imaginar; tenía veintitrés años, era el más joven de la región. Y un buen día...

—Conociste a tu mujer, que tuvo que esperar años a que el obispo te liberara de tu ministerio... Todo el pueblo está al corriente, Paul. Y no veo qué tiene que ver eso con nuestros asuntos.

—Yo no he dicho que tenga algo que ver. Lo que quiero decir es que no vas a hundirte como un pobre infeliz porque tu mujer actúe caprichosamente. Y lo que no te he dicho es que la mujer por la que dejé el sacerdocio no era Renée.

—¿No?

—No. Era otra. Y, efectivamente, el obispo no se dio mucha prisa, pero ella había prometido esperarme. Y el día en que por fin fui libre de amarla, ella se había largado con otro.

Marcel miró a Paul. Ahora él había bajado los ojos y jugaba con unos cristales de azúcar esparcidos sobre el hule.

—Imagínate —prosiguió Paul—, había dejado a Dios, había dejado a mis ovejas, no sabía hacer nada que no fuera ser sacerdote, ¿y todo eso para qué? Para encontrarme con el corazón roto y la reputación hecha añicos. Te confieso que pasé un mal momento..., y no una semana, como en este caso, no, ¡fueron meses! Así que, al lado de eso, las escapadas de Jacqueline son peccata minuta. Pero, bueno, ya sé que cuando dejamos de tener delante a las mujeres, así, de golpe y porrazo, cuesta digerirlo. Y por lo menos tú sabes dónde está. La isla de Yeu no se encuentra lejos, además. A tiro de piedra.

Los dos hombres se miraron. Luego Marcel bajó los ojos y desvió la atención hacia su taza fría. Meneó lentamente la cabeza.

—Tú tenías veintitrés años, Paul. Yo tengo setenta y seis.

—Con esas cabezas de chorlito, el tiempo ni entra ni sale. Pica igual a los veintitrés años que a los setenta y seis.

Cecias zarandeó la contraventana de la vecina y Marcel dio un respingo. Miró por la ventana y luego clavó en Paul unos ojos brillantes.

—Tú tenías veintitrés años, hombre, la vida entera por delante para recuperarte y empezar de nuevo. Pero yo..., ¿cuánto tiempo me queda a mí para recobrarme de esta mala pasada, si Jacqueline no vuelve? ¿Cuántos años me quedan para decirme que, aun así, valía la pena amar? Cosas como esta no deberían pasarnos a los viejos. Porque a nosotros ya no nos queda mucho tiempo para morir felices, por eso. —Hizo una pausa y prosiguió—: En fin, no nos pongamos dramáticos, simplemente se ha tomado unas vacaciones.

—Eso es justo lo que yo decía.

—Una semana pasa rápido.

—Demasiado rápido, incluso. Hasta lo lamentarás si vuelve tan pronto.

Marcel se calló, como también Paul y Cecias; en todo caso, Paul ya no lo oía. Solo oía el reloj, el frigorífico que ronroneaba suavemente y el silencio de aquella casa de la que había que salir antes de que los engullera en su penumbra. Se levantó y empezó a recoger las tazas vacías.

—Ven a comer conmigo. Renée todavía está pachucha, se ha ido a casa de su hija. Me ha dejado un resto de rosbif frío y tengo una lata de alubias blancas. ¿Tú tienes queso?

Marcel miró el reloj; eran las once y diez. Se levantó con esfuerzo, estiró su espalda oxidada como un gigante de piedra. Mientras iba hacia la cocina, Paul lo vio quitarse los zapatos de calle, ponerse las pantuflas y dirigirse hacia la escalera que llevaba al dormitorio.

—¡Haces bien en acostarte! —dijo desde el frigorífico—. ¡Con este tiempo de perros, no hay quien tenga ganas de hacer nada más! Ven a cenar, entonces. Cojo dos o tres cosas de tu nevera y nos prepararemos una cena de reyes. —Y como para sí mismo, añadió—: ¿Sabes que te queda ensalada de frutas? Habría que acabarla, ¿no? Me la llevo para el postre de esta noche, venga. Y cojo también el Munster. Uf, sí, hay que comérselo ya...

Luego exploró la cocina en busca de una bolsa de plástico para meter el cuenco de ensalada de frutas. Al cabo de un momento oyó a Marcel bajar la escalera. Le costó interpretar el ruido que hacía al caminar. Su amigo llevaba unos pantalones de chándal y unas zapatillas de deporte blancas. Antes de que Paul pudiera decir nada, abrió la puerta de la cocina para encontrarse ante un diluvio ingrato.

—Marcel... —dijo Paul.

—Me voy a nadar, me sentará bien.

—No puedes ir, con el tiempo que hace.

—Voy siempre, aunque haga este tiempo.

—Sí, pero hoy...

—Hoy en la playa no habrá nadie que me incordie, será todavía mejor. Me parece bien quedar para cenar. Iré hacia las seis.

Y Marcel desapareció bajo el viento y la lluvia como otros desaparecen bajo el sol. Paul se quedó un instante boquiabierto en el hueco de la puerta, muerto de frío, con el cuenco de cristal helándole las manos, y de pronto miró el cielo, donde no se veía nada de nada. Marcel tenía razón: uno no podía perder más tiempo si quería morir feliz.

Marcel fue a cenar pronto y regresó enseguida a su casa vacía. El viento había amainado y el cielo se iba despejando a medida que oscurecía. Paul telefoneó a Renée. Hablaron de las citas con los especialistas, de los resultados, de la rehabilitación, de las esperanzas de restablecimiento. Hablaron también de Jacqueline. Después llegó la noche con su cortejo de soledades. Pasó por el salón oscuro, ante la tele apagada, encendió la lámpara de techo de un pequeño trastero al que entró para coger una llave y una linterna guardadas en una caja de galletas vieja. Continuó luego a través de la penumbra del pasillo y abrió la última puerta, que daba a una escalera estrecha y de techo bajo. Encendió la linterna y subió la veintena de peldaños que conducían directamente, sin rellano, a una puerta. Metió la llave en la cerradura, encendió la luz, dejó la linterna sobre una balda y cerró. En la habitación, libros por doquier, mapas, hojas impresas llenas de cifras, dos grandes ordenadores un poco viejos y un portátil nuevo, y en medio, tres telescopios. Paul descorrió las cortinas y abrió un gran ventanal. Se sentó en su sillón de oficina hundido y lo hizo girar en la dirección hacia la que apuntaban los telescopios. A la hora en que otros cogen un libro de una mesilla de noche, Paul Charon abría el cielo de julio.

6

Al día siguiente de la visita a casa de Nane, Jacqueline estaba levantada antes de las seis en su habitación del hotel Atlantic. Le dolía la cabeza. Los gritos de los pájaros y de los pescadores, toda la actividad del puerto al amanecer habían podido más que su sueño ligero. A las seis y media estaba vestida y maquillada, con su blusa de seda salmón por dentro de los pantalones de lino marrones, el fino cinturón de piel, las perlas en sus muñecas demasiado delgadas y carmín rosa en los labios. Sus maletas estaban hechas. Nane tenía que pasar a buscarla en coche a las nueve. ¿Qué iba a hacer hasta entonces? ¡Mantenerse ocupada a toda costa y no pensar en la foto de los novios!

De buenas a primeras, sonrió. Sacó de una de sus bolsas de viaje papel de cartas y un bolígrafo dorado y se sentó ante la mesita situada bajo la ventana que daba al puerto.

Le parecía increíble. Por primera vez en treinta años podía escribir esa carta sin miedo a que Marcel la sorprendiera en flagrante delito de correspondencia. Sin tener que esconder los sobres recibidos con sus sellos exóticos. Había intercambiado varios cientos de cartas en el transcurso de los últimos treinta años y, sin embargo, era la primera vez que escribía una a la luz del día. Una con destino a Benín.

«Querida Perpétue», empezó, con su bonita letra inclinada.

Se detuvo. ¿Iba a relatar el momento en que le había anunciado a Marcel que se iba a pasar una semana en la isla de Yeu, en casa de aquella prima que él creía muerta? ¿Iba a hablar de los gestos casi tímidos de ese marido por lo general autoritario ante su determinación inesperada? ¿De su mirada, que no se atrevía a posarse en las maletas hechas con premura, y del silencio en el coche, camino de la estación? ¿Iba a escribir a Perpétue que se le había encogido el corazón a su pesar cuando el tren se había puesto en marcha, dejando tras de sí la mano de Marcel, que había bajado tan rápidamente? No, ¿para qué? Estaría de vuelta muy pronto, esa torpe despedida sería olvidada enseguida... En cambio, podía hablar de su reencuentro con Nane y, sobre todo, de la cena de la noche anterior.

Jacqueline no había podido probar bocado. Fue, no obstante, una comida exquisita, totalmente elaborada por Nane y Arminda. La habían servido en la terraza. Otros dos invitados se habían unido a ellas; gente de París, importante. Habían reído con todas y cada una de las exclamaciones de Nane. Arminda había intervenido poco, pero parecía sentirse a gusto. Jacqueline no había pronunciado una palabra en toda la noche. Por suerte, Nane había hablado por ella. Nane. Jacqueline no había dejado de observarla y ahora esperaba que no hubiera resultado demasiado evidente.

Seguramente a Perpétue le había hablado de Nane, pero debía de hacer mucho tiempo. Se imponía una presentación más larga. Nane había sido tiempo atrás como una hermana: la familia de Jacqueline la había acogido a los catorce años, tras la muerte de sus padres durante la guerra. El padre de Nane era hermano de su padre. Prácticamente habían crecido juntas. Y, sin embargo, le costaba reconocerla ahora. Durante la cena, Jacqueline había estudiado como quien no quiere la cosa el rostro de Nane: estaba envejecido, desde luego. Demasiados lípidos y azúcares en su alimentación, era evidente; quizá también cierta afición al alcohol: había visto que Nane vaciaba las copas como un hombre. Pero a Jacqueline sobre todo le había llamado la atención que la parte derecha del rostro de Nane daba la impresión de estar ligeramente paralizada. En ese lado, su boca parecía más ansiosa, el ojo, más oscuro. Una vecina de Jacqueline en Erquy había tenido un herpes zóster que le había dejado la mitad de la cara paralizada y totalmente deformada. Pero en el caso de Nane era algo mucho más sutil, incluso podía ser que Jacqueline simplemente lo hubiera imaginado.

Pero no se trataba solo de eso. De sus abundantes cabellos negros no quedaba ni uno. Sin embargo, Jacqueline recordaba lo mucho que le gustaba peinar, trenzar y ondular la cabellera de su prima. A veces también le cortaba el pelo. Nane siempre había apreciado esos momentos de intimidad. Ni rastro tampoco de su gusto por la ropa. La noche anterior había recibido a los invitados con otra camiseta igual de descolorida, un viejo cárdigan de lana y unas sandalias de Decathlon, las cuales dejaban al descubierto unos dedos que Jacqueline, que se cuidaba muchísimo los pies, no había soportado mirar. La voz también le había cambiado: menos orgullosa, menos aterciopelada, y aquel temperamento desbordante e insumiso de antes se había transformado en un constante recurso a la guasa, cuya frecuente rudeza no dejaba de ofender a su prima.

Pese a todo, Jacqueline, en el fondo, la reconocía. Si bien Nane presentaba el aspecto de una extraña después de cincuenta y seis años, despertaba en Jacqueline un sentimiento familiar del que esta intentaba deshacerse: la admiración. Aquella misma admiración que siempre había sentido por Nane y que la adolescencia había enriquecido, aquellos tiernos celos de esa prima tan brillante y excéntrica —aquellos sentimientos ingenuos que había dejado en la residencia de Montrie—, Jacqueline los había encontrado intactos en la villa Linda Flor.

Terminó la carta y la metió en un sobre. Escribió la dirección, que se sabía de memoria. Aún tenía tiempo antes de que llegara Nane. Entró de nuevo en el cuarto de baño, volvió a pintarse los labios, revisó la maleta y encendió el televisor para apagarlo al cabo de un momento. Hojeó un folleto sobre la isla de Yeu y la programación de la televisión. Pasó el tiempo. Finalmente, abrió la ventana. En el puerto se desarrollaba ya una actividad digna de una metrópoli. Jacqueline respiró hondo para tratar de relajar su estómago y tranquilizar su corazón ansioso. A fin de olvidar lo que se avecinaba, intentó perderse en los colores que resplandecían bajo el sol de junio. Las nubes blancas, el azul por donde siempre pasan unas gaviotas. La herrumbre de los coches, las procesiones de bicicletas de colores vivos con los niños detrás. Las gorras azul marino de los viejos pescadores en motocicleta. De vez en cuando, un mástil detrás del pequeño faro verde. El mar azul verdoso, los barcos verdiblancos y sus banderas amarillas. El doble corazón vandeano en rojo y blanco. Y esa luz increíble y pura que hace creer que hay dicha por doquier.

Jacqueline estaba concentrada en los hombres con grandes botas amarillas que vendían pescado a las señoras cuando oyó un claxon. Abajo, delante del hotel, de una chatarra que había sido un Renault 5 vio salir a Nane. Jacqueline notó que se le hacía un nudo en el estómago. Había llegado la hora. Sus manos frías y húmedas cerraron la ventana y cogieron las maletas, el bolso y el cárdigan. Miró una última vez hacia atrás.

¿No había olvidado nada? Sí, pensar en su marido.

Salió de la habitación sin haber reparado en ningún momento en el noctuido de alas parduscas que fingía dormir detrás de la cortina.

7

Los chismes contados por el noctuido del hotel Atlantic habían causado impresión entre nosotras, las mariposas. Las habituales aladas del budelia, el árbol de racimos lila, zumbaban de impaciencia ante la idea de que la enigmática Jacqueline se instalara con nosotras. Céfiro también nos había traído noticias. Como de costumbre, pasaba por el árbol de las mariposas riendo y presumía de haber sorprendido una escena de campeonato en Erquy. Se hizo de rogar, por supuesto, pero al cabo de unos minutos empezó a contar la historia.

Había sucedido unos días antes, en la casa de Marcel.

El anciano había comprobado, echando un vistazo por la ventana de la cocina, que nadie lo miraba: fuera, todo estaba gris. No obstante, se había levantado para correr las cortinas y luego había ido a cerrar con llave la puerta de entrada.

A continuación había regresado al comedor y empujado el armario. Había conseguido desplazar medio metro largo el mueble tambaleante para sacar de detrás una gran caja de zapatos. Se había sentado a la mesa del comedor y había extendido los papeles que contenía la caja: mapas, fotos, manuscritos con cifras, folletos y recortes de periódico, algunos ya amarillentos. ¡Qué alivio poder ordenarlos a la luz del día, sin preocuparse de ver aparecer a Jacqueline de un momento a otro! Ella, Jacqueline, no podía entenderlo. Creía que Marcel estaba al borde de la muerte, con un pie en la tumba. No podía saber que hacía cuarenta años que pensaba recorrer el Loira a nado. Todo el Loira. Tenía disponible toda la información, bastaba con zambullirse. Pero Marcel estaba convencido de que esos grandes momentos debían presentarse por sí solos, acompañados de redoble de tambores y toques de trompeta. Y en este caso, aunque hacía cuatro decenios que lo esperaba, el momento aún no se había presentado. Se diría que, cuanto más inmóviles están los hombres hoy, más creen que avanzarán mañana. Pero ¿qué sé de esos eternos mañanas yo, que estoy destinada a vivir tan poco tiempo?

El caso era que Marcel llevaba más de media hora entretenido con sus mapas cuando dio un respingo: acababan de llamar a la puerta. Guardó apresuradamente los documentos en la caja, dijo en voz alta que ya iba y, al intentar meter la caja debajo del armario, el mueble la rasgó. Empujó los documentos en la oscuridad del armario y desplazó el mueble hacia la pared. ¿Era Jacqueline, que estaba ya de vuelta? ¿No tenía sus llaves? Recordó que había cerrado la puerta con doble vuelta de llave y dejado esta en la cerradura. Se pasó una mano por el pelo, respiró hondo y abrió la puerta. Era el cartero.

El chico se quedó sorprendido al ver a Marcel. Era la señora Le Gall quien contestaba al teléfono, abría a los visitantes y recogía el correo. El cartero balbució que tenía una carta para su esposa, que le había parecido ver una solicitud de desvío del correo, pero que no estaba seguro y, además, le extrañaba, porque el señor Le Gall no estaba incluido; en resumen, tras una explicación de la que Marcel no entendió nada y una vez que el cartero se hubo ido, el señor Le Gall se encontró solo con un sobre para su mujer en las manos. Con la particularidad de que no ponía señora Le Gall, sino Jacqueline Darginay de Boislahire.

¡Dios santo, qué desagradable le resultaba el apellido de soltera de su esposa! Una vez, Marcel había hecho una búsqueda en internet, en casa de Paul. Había encontrado doscientas páginas sobre la historia gloriosa de esa gran familia francesa, sus armas, sus dominios y árboles y más árboles... Una genealogía perfecta y complicada se había desplegado en magníficas ramas que cedían bajo el peso de los títulos y las fechas lejanas. Google hablaba de aquellos Darginay, caballeros de Boislahire, que ponían en los dedos de sus hijas otras ramas con efluvios de libros de historia. Y la Wikipedia recogía, entre otras hazañas antiguas, la anécdota triste y gloriosa de Léonie y François Darginay de Boislahire, los tíos de Jacqueline, héroes de la Resistencia, caídos por Francia en la flor de la vida unos días antes del Desembarco. Pero en todos esos cuadros genealógicos y biografías en los que figuraba Jacqueline Héloïse Léonarde DARGINAY de BOISLAHIRE, 1936-, no aparecía mención alguna a un tal Marcel LE GALL, esposo de. En ninguna parte.

Marcel había cerrado la puerta. Estaba de pie en medio de la entrada con la carta en las manos. ¿Debía esperar a que Jacqueline regresara para dársela? ¿O sería mejor que la abriera por si...? No había remitente en el dorso del sobre. ¿Qué hacer? La visión de aquel sobre con ese nombre de antaño hizo renacer resentimientos pasados. El recuerdo de su boda en una iglesia vacía de Touraine, donde retumbaba la voz de un sacerdote soporífero pronunciando un sermón huero. No habían invitado a nadie, era una de las condiciones de la alianza. Ni flores, ni toques de claxon, ni lluvia de arroz. Solo los novios, el Eterno, sus padres y los testigos de rigor, cuyos nombres Marcel había olvidado. Jacqueline, vestida de encaje blanco, joven, guapa, ausente. Le Gall padre, sacando pecho, orgulloso de ese enlace inesperado, sonreía frente a los rostros impacientes de los Darginay. Y su madre, a quien le habían asegurado que ese día su Marcel progresaba en la vida, llevaba luto por la hermosa boda que había imaginado para su único hijo. ¿Qué tara escondía su nuera en su seno para que sus padres hubieran aceptado ese matrimonio, pese a no soportar que se celebrara?

Marcel no lo supo jamás, y los años pasaron. En contrapartida, sabía otra cosa: nunca había formado parte de la familia de su mujer.

Fue en ese momento cuando vio que el sello, que había tomado por un sello de colección, era de... Benín.

Entonces se sentó y abrió el sobre.

8

—¿¿¿A Benín???

En la entrada de la villa Linda Flor, Nane miraba a su prima con ojos de pasmo.

—Te pagaré el coste de la llamada, por supuesto —dijo Jacqueline, retorciéndose las manos al lado de sus maletas.

—No seas tonta. Anda, ve a mi despacho, allí estarás más tranquila. Al final del pasillo, la puerta tapizada de naranja.

—Gracias, será solo un minuto.

Mientras Jacqueline iba a paso vivo en dirección al teléfono, buscando en el bolso su agenda de direcciones, Nane se dirigió despacio a la cocina.

—¿Qué pasa? —le preguntó Arminda, olfateando sus platos y echando cebolla cortada en una cazuela.

—Pues fíjate que voy y le pregunto: «¿Necesitas algo? Un vaso de agua, refrescarte, no sé, cualquier cosa», y me suelta: «Tendría que telefonear a Benín».

Nane vio con satisfacción que a Arminda aquello también le parecía extraño. Fue a examinar las numerosas llaves que colgaban del llavero de madera de deriva fijado en la pared, junto al frigorífico.

—Ya verás cómo, con sus aires de no haber roto un plato en su vida —dijo en un tono de experta en la materia—, va a darnos más de una sorpresa. En fin, digo yo, no sé.

Cogió una gran llave herrumbrosa de la que colgaba un muñequito de peluche viejísimo, pero que en sus tiempos había sido un perro marinero, con botas, chubasquero y gorro de hule amarillo.

—Voy a abrir el bungalow. Cuando haya terminado de hablar con el fin del mundo, dile que venga.

La casita destinada a Jacqueline se encontraba justo al lado del árbol de las mariposas. Estábamos todos contentísimos de tenerla de vecina, sobre todo los viejos lepidópteros que habían pasado el invierno. Nane estaba abriendo la puertecita de madera azul bajo la bóveda cuando su prima se reunió con ella, seguida de cerca por una mariposa de la col.

Al principio, Jacqueline no vio más que la oscuridad y notó el frescor húmedo adhiriéndose a su piel. Después distinguió las líneas que trazaba en el suelo de baldosas de cerámica hexagonales el sol de mediodía, que se colaba entre las rendijas de los postigos. Nane los abrió de par en par a fin de dejar entrar sin trabas la luz, hasta entonces simples rayas de claridad sobre las viejas sábanas blancas manchadas que cubrían los muebles. Frente a la puerta, en el centro de la pared, había una vieja cama, y al lado, una piscina de niños que habían dejado que se desinflase. Jacqueline vio la puerta del minúsculo cuarto de baño abierta y los insectos muertos que alfombraban el plato de la ducha. El cortejo rojo y negro de mariquitas alrededor de la vieja ventana, apiñadas como si hubiera hecho frío. Arañas de patas largas que protegían a sus innumerables crías en los rincones de las paredes casi blancas y casi desnudas.

—Necesita un barrido —anunció Nane, dejándose caer en la única silla de la habitación— pero, ya verás, vas a estar de maravilla.

Era tan pequeño que Nane pudo enseñárselo sin levantarse de la silla, aunque eso no le impidió hablar por los codos: recuerdos al tuntún de invitados anteriores a ella. Todos unos ex-

45

céntricos, se dijo Jacqueline, a saber de dónde los saca. Había cogido una escoba y se concentraba en las telarañas, sacudía la colcha y retiraba las viejas sábanas.

—Entonces, tienes conocidos en Benín, ¿eh? —dijo Nane finalmente—. ¡Quién lo habría dicho!

—No, es que tenía algo urgente que solucionar —farfulló Jacqueline—. En fin, urgente... Nada importante, en realidad.

Nane esperó una aclaración, pero no llegó.

—Oye, no se puede decir que hables por los codos —le señaló a su prima al cabo de un momento—. En otros tiempos eras más parlanchina. Ah, entonces...

—Verás, ahora... No soy como tus amigos. Mi vida ha sido de lo más normal y corriente...

—Puede que hayas llevado una vida normal y corriente, pero, aun así, no cualquier ama de casa decide de buenas a primeras largarse a las islas. Hay que estar hasta más arriba del moño para decir a nuestra edad adiós muy buenas, ahí te quedas... —En vista de que Jacqueline seguía sin decir nada, añadió para concluir—: En fin, no quiero meterme en lo que no me importa. No es que no sea el estilo de la casa, pero tenemos tiempo.

Pese a las ofensivas de Nane, se hizo el silencio. Varias moscas revoloteaban bajo el techo blanco. Se oía a lo lejos el ruido de una sierra, las cacerolas de Arminda, y una corriente de aire cerró de golpe una puerta. Jacqueline continuaba poniendo orden como si tal cosa.

—Oye —dijo Nane intentando levantarse—, tú que eres joven, ¿podrías sacar el sillón y la silla al sol? Y encima pon las almohadas y el edredón, ¿quieres? Y ya que estamos, como hace buen tiempo sacaremos también las mantas; están ahí, encima del armario.

Nane insistió asimismo en sacar las sábanas. Al calor blanco del sol de mediodía, las dos mujeres extendieron la mitad del contenido de la habitación delante del bungalow. Nane se había sentado en el sillón y observaba cómo su prima desplegaba, estiraba y ordenaba las cosas sobre el césped caliente.

—La cantidad de viejas sábanas que guardamos —dijo Nane como para sí misma—. Se enmohecen, es inevitable. Las polillas, las moscas, las arañas, la humedad, montones de porquerías, el tiempo que se mete dentro, y ya está todo estropeado. Las casuchas viejas se echan a perder por culpa de lo que hay dentro de los cajones, esas antiguallas que guardamos. Un rato al sol, al calor, y, hala, todo eso recupera la juventud. Mira lo bien que le sienta a esa preciosa ropa de cama... Hazle caso a tu vieja prima, Jacqueline: no hay que dejar que las antiguallas se pudran en los cajones.

Jacqueline podría haber contestado muchas cosas que le quemaban la lengua. Que los novios de 1953 habrían hecho mejor estando metidos en los cajones que colgados en la pared de enfrente de la cocina. ¿Cuánta gente más había en los armarios de la villa Linda Flor? Ella había ido a la isla confiando en saborear una última vez la despreocupación de antaño y en compartir con la bella Nane los recuerdos de otra época, aquella en que tenían derecho a hablar. Y en su lugar encontraba a una prima irreconocible que se obstinaba en vivir en el presente y clavaba en las paredes los recuerdos que nadie tenía derecho a contar. Todas esas cosas que echaban a perder la vida, las sábanas o la memoria, había que meterlas en los cajones y cerrar estos con llave. Pero no formuló nada de todo eso y se limitó a desviar la mirada.

Nane se levantó con dificultad, la cogió del brazo y le dijo:

—Anda, ven, vamos a ver qué nos ha preparado de bueno Arminda.

El día transcurrió tranquilamente hablando de nada en particular. Todas hicieron como si la presencia de Jacqueline fuera lo más natural del mundo y las preguntas que rondaban alrededor de la mesa no encontraron a nadie que las formulara. Jacqueline fue presentada a Mathis, el hijo de Arminda, un niño con gafas despierto y afectuoso (y entomólogo en ciernes, podemos certificarlo). A sus seis años, hacía de maravilla su papel de hombre de la casa. Él tampoco preguntaba; su mamá le había dicho que era de mala educación. Pero, al contrario que a los adultos, le costaba muchísimo apartar los ojos de la anciana que había llegado de no se sabía dónde con sus misterios africanos.

Anocheció. Jacqueline pidió disculpas, dio las buenas noches a todo el mundo y pudo por fin retirarse al pequeño bungalow. Abrió la maleta y colgó sus delicadas prendas en las perchas desparejadas que se balanceaban al fondo del armario. Sacó el neceser y la linterna y escondió las joyas. Luego se puso el camisón, la bata de satén rosa encima, y se metió en la cama con un libro entre las manos. El carácter del bungalow se mostraba por fin en la penumbra: Jacqueline se sumergió en los pequeños lienzos colgados en la pared, que representaban, todos sin excepción, el mar. Entre los bodrios había alguno bonito; en cualquier caso, el conjunto era alegre. La anciana posó la mirada en la pequeña reproducción de un cuadro bizantino montada sobre una tabla, *La Virgen de la ternura*. Debajo, un tocador de patas torneadas y tablero de mármol servía de escritorio, con un viejo sillón rojo de estilo Luis XV oculto bajo una mantita de tejido polar para tapar la tapicería raída. El minúsculo pero moderno cuarto de aseo, con una pequeña ventana sobre cuyo alféizar habían puesto un jarrón lleno de siemprevivas y amentos. Una lamparita con pantalla barata de color azul y, en la pared, una paleta de Jokari. Unos cuantos libros de bolsillo en el estante de la mesilla de noche y nada más. Y para Jacqueline, que había vivido en el lujo de casas donde nunca había estado sola, era maravilloso y aterrador.

Cuando apagó la luz, no le sorprendió no poder conciliar el sueño. No había esperado librarse del insomnio allí, pero lo que veía en las sombras del bungalow no lo había previsto: los recuerdos que volvían todas las noches le hablaban allí con una voz más clara, las siluetas eran menos turbias, las sensaciones, más intensas. Como si Jacqueline se hubiera acercado a sus demonios, cuando pensaba haberse alejado de ellos mientras duraran las vacaciones.

9

Al día siguiente había mercado en Port-Joinville. Nane le pidió a su prima que la acompañara en el R5. Normalmente, para Jacqueline hacer la compra era una lata, pero en esta ocasión disfrutó de cada minuto. Ella, que se hacía tantas preguntas sobre los habitantes de la villa Linda Flor, no tenía más que prestar atención a lo que oía. A medida que las cestas de mimbre se llenaban, las lenguas de los comerciantes se desataban. Unas vecinas que se encontraron en las calles del mercado acabaron de llenar las lagunas de la historia.

Una visita a la carnicería para comprar los ingredientes del *porco à alentejana*, una de las especialidades de Arminda (carne de cerdo adobada con pasta de pimiento y frita), la informó de que la chica no era gitana, sino portuguesa, y de que había pasado la mayor parte de su vida en Challans. La compra del *piri-piri* en Thibault reveló que trabajaba en casa de Nane como asistenta desde hacía cinco años, primero a media jornada y después a jornada completa, cuando Nane le había ofrecido alojamiento, a ella y a su hijo Mathis, que entonces tenía un año. La septuagenaria se había encaprichado de aquel hombrecito al que había visto crecer, y ahora vivían los tres en la villa. Nane los consideraba como su familia (información suministrada a la par que tres salchichones); Arminda y Nane tenían en común su gusto por hablar claro (flor de sal), por las porciones generosas (cinco tabletas de chocolate negro de Ecuador 70 % de cacao) y por las series de televisión estadounidenses, con una preferencia por *CSI* y

Mujeres desesperadas (mantequilla salada bretona y selección de quesos afinados). Arminda estaba divorciada (patatas) y Mathis cogía el transbordador algunos fines de semana al año para ir a Challans a ver a su padre (tomates, cebollas), un hombre holgazán, mentiroso y que, en líneas generales, no valía un pimiento (cilantro, calabacines, guindillas verdes, espárragos, cacao Van Houten, vainilla de Tahití, limpiador para todo, bolsas de basura y doscientos euros en el cajero). Nane tenía la villa de la calle de la Forgé desde hacía más de treinta años (fresas). La había hecho construir Aleksander (frambuesas), aunque no había podido disfrutarla, el pobre, había muerto el verano siguiente (limones amarillos, limones verdes). Nane no había vuelto a casarse y había vivido muy tranquila así (una botella de martini blanco y dos de vino blanco de Sancerre). Tenía tres hijos, dos chicas y un chico, siete nietos y tres bisnietos (tres camisetas, sandalias y cuatro bermudas talla diez años). Aunque no esculpía desde hacía mucho (un brioche vandeano y tres barras de pan artesanas), seguía teniendo su estudio, pero estaba tan manga por hombro que no se atrevía a entrar (el tíquet del aparcamiento).

Después de que Jacqueline hubiera pasado por la oficina de correos para enviar un sobre de papel kraft a Benín (lo que no dejó de intrigar a Nane), las dos mujeres se dirigieron hacia la Pescadería del Puerto.

—Buenos días —dijo Nane al entrar.

Jacqueline, detrás de ella, dijo lo mismo. Pero nadie la oyó.

—Señora Verbowitz, ¿cómo va todo? —dijo el pescadero, un hombre de apenas cuarenta años, de rostro fino pero cuya tez colorada y manos enrojecidas hablaban de hielo y amaneceres fríos—. ¿Qué le apetece hoy?

—Buenos días, Bruno, ¿tiene pajel? Necesitaría un kilo y medio.

—Tengo, y espléndido, mire, no irá a decirme que no es espléndido, ¿eh?

—Ha venido mi prima, así que he pensado que podríamos hacer un carpaccio.

—Ah, buenísimo —dijo Bruno—, mi ex mujer hacía. No echo de menos muchas cosas de mi matrimonio, pero el carpaccio de pajel con hierbas, eso es otro cantar... Así que es su prima... —añadió, lanzando una mirada chispeante a Jacqueline—. ¿De vacaciones?

—Sí, sí —respondió ella—. Es una isla preciosa.

—Hay un kilo seiscientos cincuenta, ¿lo dejamos así? Le pongo dos limones verdes. Va muy bien con el carpaccio. Sí, la isla es bonita. Era todavía más bonita antes, pero bueno... ¿Necesita algo más?

—Filetes de gallo de San Pedro, para cuatro. No, espere, estoy tonta. A ver, ¿cuántos seremos mañana por la noche?... ¿Cinco? Ponga seis por si acaso.

—Son cuarenta y tres euros con doce céntimos, señora Verbowitz, por favor —dijo la cajera de la pescadería, un pimpollo de la edad de Nane.

—¿Y Arminda, cómo está? —preguntó Bruno intentando ser natural—. Hace un siglo que no viene...

—Uy, Arminda siempre está bien. Desde que vive en mi casa, hace ya cinco años, nunca se ha puesto enferma. ¡Ni una sola vez! Por suerte, todo sea dicho, porque no sé qué haría sin ella. ¡Estaría perdida!

—No debe de ser fácil ocuparse sola de Mathis día tras día... —comentó Bruno—. Dígale que se pase por aquí un día a saludar, ¿eh? ¿Se lo dirá?

—Sí, dígale a Arminda que venga a ver a Bruno —dijo la dama de la caja guiñando un ojo.

—Sí, se lo diré. Hasta otro día...

Nane salió, pero su semblante se había ensombrecido, cosa que no pasó inadvertida a su prima.

Con las cestas y bolsas llenas de cosas que Jacqueline jamás se permitiría comer, las dos ancianas regresaron a la villa. Jacqueline vio a Nane saludar con la mano a la vecina, la señora Tricot, una señora alta y delgada de rostro alargado y severo, que llevaba un jersey viejo de hombre, unos pantalones demasiado cortos, un delantal y unas chanclas Scholl con calcetines tobilleros. Había sonreído, y en el fondo no parecía tan malévola, aunque Jacqueline sintió su mirada puesta sobre ella hasta que entraron en casa. E incluso una vez dentro, Jacqueline habría jurado que había visto su largo cuello estirarse para ver el interior. Pero comprendía a aquella mujer; a la propia Jacqueline le habría gustado echar un vistazo en la cabeza de Nane para ver qué había dentro.

10

Para mí era evidente: Jacqueline intentaba adaptarse como podía a las costumbres de la villa Linda Flor. Pasó los primeros días refugiada en el fresco del bungalow leyendo novelas norteamericanas, no pensando en su matrimonio y temiendo la hora de sentarse a la mesa.

Se sintió tentada varias veces de volver a Erquy. Había pensado que la proximidad de Nane haría esfumarse todas las angustias, todos los insomnios, la edad, a Marcel, los vértigos reales o imaginados, el secreto que la había seguido a la isla y esa sombra fría que planeaba sobre los verbos conjugados en futuro. Pero allí, muy al contrario, era todo más nítido.

Intentaba no insistir en esa idea estúpida de que el destino la había empujado hasta la isla. Sin embargo, de ser cierto, era una razón para marcharse en el acto; el destino nunca había hecho gran cosa por ella. ¿Y qué iba a hacer en Erquy? Marcel debía de estar aprovechando su ausencia para vivir también su vida, nadar a todas horas, comer cualquier cosa, ver la tele hasta tarde, destrozarse la salud con todas esas cosas absurdas que le gustaba hacer. Seguramente se sentiría decepcionado si volviera tan pronto. Además, allí estaban las fotos. Y los cajones.

Nane parecía pasar por completo de los misterios y los silencios de Jacqueline. En contrapartida, había alguien a quien no se le escapaba nada: se trataba de Arminda.

Desde que había llegado, unos días antes, la anciana había

procurado cruzarse con Arminda lo menos posible, sin dejar de ser cortés y servicial. La portuguesa del mechón rojo seguía siendo una extraña para ella que, pese a los cincuenta y seis años de ausencia, al menos formaba parte de la familia. Consideraba a Arminda no como una usurpadora, sino como una presencia forzosamente temporal. En cuanto a esta, veía a Jacqueline exactamente de la misma forma.

Lo que Jacqueline no sabía era que la mirada desconfiada de las ancianas se había convertido en la especialidad de Arminda. A sus treinta y cinco años, tenía casi diecisiete de experiencia como asistenta de personas mayores, por no hablar de su infancia de inmigrante: se había encontrado con miradas desconfiadas desde muy pequeña. A ese juego, no sería la prima delgaducha quien ganara.

Una mañana, Jacqueline llegó a la cocina apretando contra el pecho su agenda y un pequeño cuaderno de anillas. Nane estaba preparando la masa para una tarta, mientras que Arminda, de espaldas, limpiaba unos mejillones en el fregadero. Jacqueline se aclaró la garganta y preguntó bajito a su prima si podía utilizar su despacho para solventar unos problemas administrativos.

—Claro que sí, mujer —dijo Nane—. Ya sabes que tenemos un ordenador, ¿quieres que Arminda te enseñe cómo funciona internet?

—No quiero molestar...

—No te preocupes por eso, pero te aviso de que ese despacho es un caos. Está hasta los topes..., la mitad de las cosas las hemos trasladado al estudio, pero, no sé qué pasa, parece que se reproduzcan. En fin, Arminda te explicará, ya casi ha acabado con los mejillones. Oye, pero siéntate mientras tanto, vas a pagar lo mismo.

Jacqueline se sentó en el borde de la silla y esperó, mirando cómo Nane manipulaba la masa y cómo Arminda daba la espalda a todo el mundo.

—¿Dónde has comprado los mejillones, Arminda? —preguntó Nane de pronto.

—Pues en la pescadería, como de costumbre.

—¿La que está debajo del hotel?

—Sí, donde compramos siempre.

—¿Has visto a Bruno, entonces?

—¿A Bruno? —dijo Arminda sin dejar de rascar las conchas.

—Sí, el joven, un chico alto... En fin, no abundan los jóvenes en esa pescadería. Pelo corto, cejas pobladas, siempre diciendo tonterías...

—Ah, sí, no me acordaba de que se llamaba Bruno.

—Ah, pues él, en cambio, se acuerda muy bien de tu nombre. Cada vez que voy, me pregunta por ti.

—Mmm... —dijo Arminda.

Jacqueline observó que, desde el inicio de la conversación, Arminda limpiaba todo el rato el mismo mejillón, el cual, a esas alturas, debía de estar impoluto.

—¿No has visto que te echa los tejos? Pues debes de estar cegata —afirmó Nane, lanzándole miradas de reojo.

—¡Nooo, qué va! Además, si quiere ligar, es cosa suya, intentarlo no cuesta nada, pero conmigo lo tiene claro, que no se haga ilusiones. ¡Pues sí que...! Bueno —dijo, secándose las manos con el paño de cocina—, terminaré después. Jacqueline, soy toda suya.

Arminda se dirigió rápidamente hacia el despacho, seguida por una mirada recelosa de Nane.

—¿Viene, Jacqueline?

Y esta última fue con ligereza hasta el fondo del pasillo.

Jacqueline, que sabía utilizar internet, no tuvo ninguna dificultad para comprender el funcionamiento del ordenador, de modo que Arminda pudo volver enseguida a ocuparse de los mejillones. Un cuarto de hora más tarde la anciana había terminado.

Pero en aquel despachito el ambiente era fresco y agradable, así que, en vez de regresar al sol de la terraza o los olores de la cocina, apoyó la espalda en el respaldo de la silla de oficina y dejó pasar el tiempo.

Para cualquiera propenso a las ensoñaciones, el despacho de Nane ofrecía un decorado ideal. La pequeña ventana daba a un rincón del jardín, en la parte trasera, al que nadie solía ir ya. No habían limpiado el cristal hacía tiempo, pero eso no importaba porque el estor estaba siempre bajado. Por otra parte, era por ahí por donde Mathis la espiaba a veces, pero eso nosotras éramos las únicas que lo sabíamos.

Allí todo hablaba de Nane, y era una conversación animadísima, pues la habitación estaba llena a rebosar. Los objetos de adorno eran feos. No curiosos e interesantes como en el resto de la casa, simplemente feos; y seguramente depositarios de historias muy bonitas. Jacqueline había tardado en comprender que la villa no estaba llena de cosas, sino de obras de arte: pinturas, dibujos, esculturas, muebles, fotos. Se había dado cuenta poco a poco de que todo tenía valor. Aunque aquellos objetos parecieran salidos de una chamarilería, eran raros. Pero el despacho era un auténtico batiburrillo. Por ejemplo, había tarjetas postales clavadas con chinchetas. Jacqueline también tenía algunas puestas así en Erquy, pero parecían normales, como las que se ven en todas las casas. Las de Nane, en cambio, tenían un aire exótico. Había también una jarra de cerveza antigua, lo que recordó a su prima las botellas de cerveza que había descubierto bajo la furgoneta Citroën: ¿bebía Nane a escondidas? Fuera como fuese, los objetos allí parecían tener cosas que decir, y Dios sabía que Jacqueline estaba más que dispuesta a escucharlos.

No registraba en sentido estricto. Todo estaba al alcance. Sin llaves en los cajones, todo estaba a disposición, o casi. Bastaba con hacer como si buscaras un clip, para descubrir un fragmento de la vida de Aleksander. ¿Querías un manual de instrucciones del ordenador? En su lugar encontrabas a unos enamorados en Amalfi en 1971. No había más que pasear la mirada. En la estantería estaba expuesta la ternura en plastilina y dibujos de unos nietos para su abuelita. Detrás de la puerta, el calendario del año anterior recogía casi tantos nombres de amigos visitantes como de santos. En una esquina de la mesa, al lado de cajas de cerillas provenientes de un hotel lejano, una pequeña escultura como inacabada, una cabeza de arcilla y papel de periódico, una chica dormida. ¿Era de Nane? Jacqueline solía olvidar que su prima había sido escultora, pues no entraba nunca en su estudio. De pronto sintió ganas de verlo. Pero, antes de que hubiera podido poner en práctica su proyecto, su mirada fue a parar a los cantos deshilachados de unos viejos álbumes de fotos.

En cuanto echó un vistazo por la ventana por si acaso, un volumen encuadernado en tela roja se abrió sobre las rodillas de Jacqueline: 1953. Decir que era el primero que había encontrado no sería exacto; no, lo había elegido. Era de la época en que Nane vivía aún con ella en Montrie; en otras palabras, Jacqueline buscaba su propio reflejo en esas páginas que se despegaban. Nane, que se parecía a Simone Signoret en *Dédée*, salvo por la melena negro azabache, se pavoneaba página tras página. Ninguna foto de Jacqueline. Nane había preferido conservar fotografías de aquellas fiestas llenas de humo a las que iba sin parar, de mesas de bares parisienses o, en algunos casos, de bodas de la alta sociedad, como la que ocupaba dos páginas ante los ojos de Jacqueline, cuyo corazón estalló súbitamente.

Sus ojos se concentraron en el grano de una foto: en primer plano, Nane la magnífica del brazo de uno de sus pretendientes, un atleta bronceado con traje y cigarrillo. Eran los invitados de los novios del pasillo, estaba segura. Pero era el segundo plano lo que Jacqueline examinaba: un chico vestido de negro, que daba la espalda a la cámara. Aunque solo podía distinguir una ínfima parte de su perfil, sabía que era él. ¡Era él! Sin duda alguna. Habría podido reconocer esa silueta, ese además de la cabeza entre mil, y, sí, era lógico que estuviera allí, en aquella boda, aquel día. Era él. El que habitaba sus noches desde hacía cincuenta y seis años.

¿Era plenamente consciente de lo que hacía cuando despegó la foto y se la metió con mano trémula en el bolsillo del cárdigan? El álbum de fotos volvió a su estante, los papeles fueron recogidos a toda prisa y Jacqueline corrió a refugiarse en el bungalow. Sin haber visto fuera a Mathis, que jugaba con una mariquita bajo la ventana y no se había perdido ni un detalle.

11

Apeliotes, el viento del sudeste, era un soñador solitario que hablaba poco. Las historias que contaba eran tan oscuras, tan extrañas, que al final nadie le prestaba atención. Incluso un día había asegurado que el mundo era todavía más vasto de lo que las esfinges rayadas, las esfinges colibrí y todas las mariposas monarca podían decir. Con ello se había granjeado la enemistad de todos los lepidópteros, pues nadie —nadie— critica a la monarca, que es en el mundo de las mariposas lo que Ulises en el mundo de los hombres. Después de aquello Apeliotes se había vuelto taciturno. Pero yo lo quería porque era un poeta. Evocaba mundos fabulosos y secretos que contenían la clave de los misterios de la vida. Aludía a cosas que sucedían antes de nuestro nacimiento y después de nuestra muerte. Interpelaba a lo infinitamente grande y lo infinitamente pequeño. Y siempre se sentía feliz de aceptarme como auditorio de sus peroratas inspiradas, con una condición: que no hiciera nunca ninguna pregunta.

Un día, mientras me atraía hacia el final de la carretera que llevaba a Saint-Sauveur con la excusa de aspirar el calor de mediados de julio, me habló del cielo. Me contó que incluso esas miríadas de estrellas que nadie podía contar representaban una ínfima parte de lo que escondía la noche. El cielo era uno de los temas favoritos de Apeliotes. Así que algunas veces lo escuchaba distraídamente. Pero, de pronto, todo mi cuerpo prestó atención a lo que decía porque hablaba de Paul, el vecino de Marcel y de Jacqueline en Erquy.

Paul, el ex sacerdote, miraba el cielo noche tras noche rezando para que estuviera claro. Paul miraba el cielo hasta quemarse las pestañas. Porque sabía que en el fondo de ese cuerpo que envejecía se ocultaban las supernovas, estrellas gigantes todavía más grandes que el sol. La explosión de una supernova envía materia al espacio a una velocidad vertiginosa. Esas manifestaciones son las que producen los universos y algunos elementos como el hierro. Y el hierro forma parte de la constitución no solo de nuestro planeta, sino también de los seres vivos. Insectos y hombres contienen en el fondo de su cuerpo los restos de esas estrellas muertas.

Aquella estrella gigantesca que había expirado cuando aún no vivía ningún hombre en la Tierra, él la sentía latir, brillar, arder. ¿Era Dios?, les preguntaba entonces a las cifras de sus programas informáticos de astronomía. ¿Estaba Dios en esos millones de puntos de sus hojas impresas? ¿Estaba Dios en los telescopios del desván de su casa? ¿O era otra cosa? Paul pensaba mucho en Dios desde hacía algún tiempo. Porque Renée había recaído.

En casa no hablaban mucho de eso. Paul siempre había estado pendiente de su mujer. Siempre a su lado, la había apoyado fielmente durante los tratamientos gracias a los cuales la enfermedad había remitido. Pero eso ocurría antes, cuando eran más jóvenes y el médico todavía se mostraba optimista. Ahora, Paul ya no sabía muy bien qué hacer, sobre todo porque su mujer se mosqueaba si la trataba como a una enferma. Así que, en lugar de eso, y para no cansar a nadie, miraba el cielo pensando en Marcel, con quien había estado aquella misma mañana en su casa puesta patas arriba. El pobre hombre, blanco como el papel, con los ojos enrojecidos y la cabeza entre las manos, estaba en medio de un centenar de cartas de niños esparcidas por el suelo.

No me enteré de nada más, pues, sin ningún miramiento, Apeliotes se marchó hacia el horizonte. Con un embrollo de objetos celestes en la cabeza, regresé a toda prisa a la villa.

Pero, después de mis visitas a Apeliotes, jamás dejaba de mirar los miles de millones de estrellas que anunciaban el despertar de las nocturnas.

12

El acontecimiento del día siguiente fue sin duda alguna la llegada de una vanesa de los cardos que se presentó ante nosotras con la clave de un gran misterio: Benín. La vanesa de los cardos, una prima *nymphalidae*, conocía la historia de boca de Noto, un viento del sur, al que se la había contado una mariposa nocturna. Mi prima cuidó su dicción y todas nosotras fuimos transportadas de golpe al aire caliente de unos paisajes grandiosos, a una carretera polvorienta y roja, como una cinta en medio del verde de los valles y el azul del cielo atravesado por franjas naranja.

Se necesitaban dos horas de vespino para ir desde Cotonou, la capital, hasta la pequeña ciudad de Todavié. Virginie, una beninesa de veinticinco años, rellenita, decidida y una pizca hombruna, hacía el trayecto varias veces al mes y no le molestaba hacerlo. Le gustaban los paisajes que se extendían ante ella y le prometían el reencuentro con su hija, Monette. Sin embargo, ese día, recorriendo esa carretera interminable, estaba nerviosa. Porque esta vez no iba solo para ver a su familia: tenía que encontrar trabajo. Y mientras apretaba a fondo el acelerador de su motocicleta por la carretera roja, no paraba de darle vueltas a lo que iba a decirle a Perpétue Glele, la directora del colegio donde quería conseguir un empleo.

Virginie había estudiado artes plásticas en Cotonou. Para pagarse los estudios, había dado clases de dibujo y trabajado en un cibercafé. Su madre se había ocupado de Monette, de seis años, a quien la señora Glele conocía bien puesto que acababa de pasar el curso escolar en su colegio. Pero su familia no podía seguir ocupándose de la niña. Era preciso que Virginie encontrara un trabajo en Djagballo o se vería obligada a llevarse a Monette a Cotonou.

Al acercarse a la pequeña ciudad, el tráfico de motos y viejos coches de colores vivos llenos a rebosar se hizo más denso. Aquello distaba mucho del chic al estilo occidental de Cotonou, pero Virginie sentía ante ese desorden provincial una admiración creciente. Tuvo que tocar el claxon diez veces para lograr abrirse paso. Virginie lo tenía claro: quería quedarse allí con Monette. Finalmente llegó a la puerta del colegio.

Perpétue Glele, una mujer robusta de unos cincuenta años, con cejas altas perfiladas con lápiz y una blusa rematada por un gran lazo blanco bajo la papada, la recibió en su despacho. Virginie le dio las gracias, presentó su currículo y unas cartas de referencia y se sentó en el borde de la silla, con las manos sobre las rodillas. Miraba cómo Perpétue examinaba los documentos con una gran atención.

—Usted es la madre de Monette —dijo la directora levantando los ojos por encima de la hoja—. Monette nos ha hablado mucho de usted. Es artista, ¿verdad?

—No, no —balbució Virginie—, he estudiado, pero..., no es posible ganarse la vida con eso... Además, lo que quiero ante todo es instalarme con Monette. Antes era mi madre quien...

—Sí, lo sé. Mire, yo no puedo ofrecerle trabajar en el colegio. —Virginie notó que su espalda se relajaba y su estómago se contraía—. Lo que sí tengo es un trabajo temporal, desde ahora hasta fin de mes. Eso quizá le daría margen para buscar otra cosa. ¿Le interesa?

—Sí, sí —dijo Virginie, nerviosa—. ¿En qué consiste?

Por toda respuesta, Perpétue se levantó con dificultad, cogió una gran llave oxidada de encima de un casillero y le dijo a Virginie que la acompañara.

Cruzaron el patio y, tras haberse encontrado con un cortejo de una docena de críos curiosos, llegaron a una sala vacía. En medio de la habitación destacaba un gran armario normando que se había quedado sin remate y una de cuyas patas había sido sustituida por unos ladrillos. A su izquierda, unas pilas de cajas abiertas, llenas de sobres de papel kraft, parecían ayudarlo a mantenerse erguido.

—Este es el armario de Jacqueline —dijo Perpétue, divertida.

Una docena de niños gritaban de impaciencia ante el armario, y para abrir las puertas con sus manos regordetas, la maestra tuvo que apartar amablemente a los pequeños. El armario mostró entonces sus tesoros: viejos *Tintín*, *Bill y Bolita*, *Astérix*, *Lili*, *El pato Donald*, *Bécassine*, *Tomás el Gafe*, *Spirou Ardilla*... Setenta años de historietas combaban los estantes.

—Esto es especial para los niños —afirmó Perpétue separando a los pequeños, que habían empezado a pelearse—, pero la biblioteca de Abobassam también está llena de libros que nos envía desde hace treinta años. Literatura norteamericana, principalmente. No he clasificado nada desde hace años, mire esas cajas. Y tengo más en mi despacho, llegaron ayer. Necesito a alguien que los clasifique, les ponga una referencia y los lleve a la biblioteca.

Perpétue se volvió hacia Virginie, quien se apresuró a decir que sí, que estaba cualificada para la tarea. Pero, sobre todo, ella que amaba la lectura, estaba maravillada.

—¿Quién es... Jacqueline?

—¡Es mi madrina! —respondió gritando uno de los niños.

—No, es la del hermano de Billy —lo rectificó otro.

—Es también la madrina de nuestra pequeña Monette —informó Perpétue.

—Ah, ¿quiere decir la madrina de la asociación? —dijo Virginie—. Sí, sabía que alguien enviaba un poco de dinero de Francia, pero pensaba que...

—Que era un bluf, ¿no? —Perpétue sonrió—. Pues no, ya

ve, es raro, pero esa mujer se ha volcado de verdad. Apadrina a diecisiete niños.

—Diecisiete... —susurró Virginie.

—Sí, diecisiete, aunque cuando digo «niños»... Monette es la última, pero la mayor de todos acaba de ser abuela. Hace treinta años que nos acompaña.

—¿La ha visto alguna vez?

—No, nunca ha venido a Benín. Pero nos escribimos todos los meses. Es una persona excepcional... A menudo me pregunto si sabe lo importante que es en la vida de los niños. En fin, a lo que íbamos: ¿acepta este trabajo?

Virginie respondió que sí. Las dos mujeres volvieron al despacho de Perpétue y dejaron a los niños devorando las historietas del armario de Jacqueline. Al día siguiente, Virginie estaba trabajando. Empezó por las obras recién recibidas, que formaban una pila sobre la mesa de la directora. En lo alto del montón, bajo uno de los libros, encontró un correo electrónico impreso y firmado por Jacqueline Darginay de Boislahire. Virginie no pudo evitar leer el mensaje enviado por aquella mujer que despertaba tanta admiración.

He recibido noticias de Yewande y de su nieto; ha tenido la amabilidad de enviarme una foto. ¡Qué hombrecito tan adorable! He sabido también que Armand ha obtenido el título de maestro, de lo cual me siento muy orgullosa. En cambio, he dejado de tener noticias de Marius desde que lo contrataron en el garaje Djossou. ¿Sabe si ha pedido en matrimonio a su amiga? ¿Y qué tal les ha ido el trimestre a Bernadette, a Oscar, a Adja y a Yoannie? ¡Pienso mucho en ellos!

Le doy la dirección de mi prima:

Nane Verbowitz
A/A Jacqueline Darginay de Boislahire
c/ de la Forge
85350 Isla de Yeu

Virginie frunció el entrecejo y leyó el papel varias veces. Nane Verbowitz. Un nombre original.

Una semana más tarde, tras repetidas reflexiones nocturnas y sin hablar del asunto con nadie, Virginie empezaba a escribirle una larga carta a Jacqueline.

13

A última hora de la tarde, en nuestro árbol de la isla de Yeu nos maravillábamos de esas historias lejanas, y cada cual decía la suya cuando el sombrío Escirón del noroeste nos obligó a guardar silencio. Luego, con su potente voz de viento, nos dijo:

—En vez de tanto parlotear, preguntadle al gran pavón. Él puede informaros de cosas que no sabéis, si es que sois suficientemente lepidópteros para escucharlo.

Como un solo hombre y sin un ruido salvo el de nuestras alas, volamos, pues, hacia la hiedra del estudio, donde, tras algunos esfuerzos, encontramos al *Saturnia pyri* en el polvo de la cristalera. Era tres veces más grande que las más grandes de nosotras y sus tremendos ocelos silenciaban las preguntas que ardíamos en deseos de hacer. Por fin, después de lo que nos pareció una eternidad, el gran pavón habló:

—En el estudio pasan cosas por la noche.

Ninguna otra palabra fue pronunciada. Pero al cabo de muy poco la hiedra era recorrida por un estremecimiento nuevo.

Como de costumbre, el gran pavón había sido excesivamente parco en palabras. Y eso nos daba alas para imaginar las diabluras que se hacían en el estudio. Con todo, teníamos una ligera idea del asunto: las nocturnas hablaban de un hombre que merodeaba alrededor de la casa por las noches.

El estudio, oculto detrás del bungalow, estaba orientado de tal manera que no resultaba visible desde ninguna ventana de la villa Linda Flor. Y como los postigos de Jacqueline permanecían constantemente cerrados, había poco riesgo de que un intruso fuera visto desde allí. Claro que, para acceder al estudio, habría sido preciso atravesar una buena parte del jardín, y eso ya era harina de otro costal.

El hombre en cuestión era bastante alto, llevaba una cazadora negra y, sobre todo, dejaba tras de sí un perfume sorprendente: una mezcla de flores, asfalto, mar y tabaco. Por lo demás, habían aparecido algunas colillas junto a la pequeña valla donde habíamos visto a Jacqueline por primera vez. En la villa Linda Flor no fumaba nadie. Era un extraño, y yo estaba impaciente por descubrir qué demonios hacía en el estudio de Nane, esa leonera indescriptible donde todo se cubría de polvo. ¿Qué buscaba allí?

Esperamos en las grietas de las paredes del estudio, donde la vegetación nos ofrecía un refugio mullido. Algunas no habían visto nunca la noche, dormidas sobre la hiedra o devueltas demasiado pronto al polvo. Las últimas luces del crepúsculo se extinguieron por fin, y estábamos todas, diurnas y nocturnas, un tanto adormecidas cuando un perfume familiar nos hizo desplegar las trompas. En el mismo momento, el filamento de la bombilla del techo se puso incandescente y descubrimos con sorpresa la fuente de esos efluvios familiares: una bata rosa de satén. Nuestro ladrón no era otro que Jacqueline.

Entró en el estudio. ¿Tenía una cita con el hombre de los cigarrillos? No, saltaba a la vista que no esperaba a nadie. Nos habíamos perdido las noches de ir a tientas: Jacqueline conocía el camino entre los muebles sucios, las cajas apiladas y las mesas atestadas. ¿Había latido su corazón cuando empujó por primera vez la puerta del estudio, tan fuerte como el día que la conocimos? No lo sabremos nunca, pero aquella noche palpitaba con más serenidad de lo que permitía suponer el crimen.

Porque Jacqueline estaba allí en secreto: el hecho de caminar de puntillas, sus gestos que pedían silencio, las miradas a la puerta y hacia la noche... La noche, por supuesto. Sí, todo sugería el desconocimiento de Nane de que su prima, a la hora en que supuestamente dormía en su bungalow, se dedicaba a fisgonear entre las telarañas.

Jacqueline fue derecha hacia un viejo mueble de cocina blanco, de formica, cuyas puertas estaban medio salidas de los goznes. En los estantes sucios había almacenadas docenas de cajas de zapatos en las que habían pegado con celo etiquetas escritas a mano: «Nueva York 1962», «Construcción villa», «Verano 1976», «Exposición París», etcétera. Debía de haber un millar de fotos solo en aquellas cajas. Y sin duda no eran las únicas, a juzgar por las cajas con la inscripción «Fotos» dispuestas en equilibrio por encima de la cabeza de Jacqueline, en el altillo cubierto con una vela de windsurf.

De las cajas guardadas en el armario de formica, Jacqueline eligió la etiquetada como «Boda N + A», cogió una silla de camping, se sentó y abrió la caja de Pandora.

Las fotos de bordes dentados hablaban de la historia que quedaba fuera del campo de visión, la que no había sido contada en los álbumes pero no había querido olvidarse. Jacqueline había visto la foto oficial de la boda de Nane y Aleksander que presidía el salón. Nane de protagonista en blanco y negro, con sus cabellos azabache ondulando alrededor de un pequeño velo y su elegante vestido envolviendo su cuerpo estilizado. Los novios y su juventud luminosa posaban, relajados, en los peldaños de la iglesia.

Era en 1955. Ahora ella descubría el resto de la boda a la que su madre le había prohibido asistir. Nane se había fugado a los veintitrés años de la residencia de Montrie porque Cécile y Edmond Darginay de Boislahire, sus padres adoptivos, le habían ordenado que dejara de ver al cíngaro rubio y desvergonzado del que se había encaprichado: Aleksander. Nane había preferido las corrientes de aire de un cuarto de criada en Montmartre a las de la residencia familiar y de ese modo se había ganado el desprecio eterno de su tía. Nadie podía trazar el destino de Nane salvo ella misma.

Jacqueline reconoció la iglesia de Saint-Germain-des-Prés, a los primos y las primas, la moda de 1955, las botellas de vino en el maletero de los 2 CV adornados con cintas. Una foto mostraba a la novia un poco menos puesta, a orillas del Sena con una copa en la mano. Ahora lo recordaba: el banquete de boda era un picnic con los pies en el agua, en la punta de la Île de la Cité. El Pont-Neuf bajo el sol detrás de la orquesta de jazz y los amigos que empezaban a estar bebidos. Jacqueline revivía aquel día radiante, las exclamaciones, las risas, el jazz. ¡Qué guapa estaba Nane de novia y qué feliz se la veía! ¡Qué libre también! ¡Qué contraste con las fotos de boda de Jacqueline, encorsetada en encajes antiguos, estática en un jardín impresionista falso, ya marchita entre las flores de plástico! Foto tras foto, la boda popular de Nane Darginay de Boislahire con su pintor polaco sin un céntimo se desarrollaba como un cuento de hadas ruidoso y alegre. Ya por la noche, las volutas de humo acariciaban las sonrisas de las chicas distendidas y los chicos desaliñados. ¿Se hallaban en un club de jazz o en una terraza animada? Jacqueline sonreía: estaba a años luz del estudio.

De pronto, sus dedos, que habían iniciado la exploración con una impaciencia febril, se detuvieron en una imagen de Nane, también vestida de novia, descalza en la noche y caminando cogida de Aleksander. Una luz extraña, benévola, inundaba la calle parisiense. La cabeza de Nane estaba apoyada en el cuello de Aleksander y un brazo de él la rodeaba por los hombros. Sus miradas no se encontraban, pero Jacqueline sabía que en ese instante no veían otra cosa que su amor. Quizá ni siquiera habían visto que irrumpía el alba en el primer día del resto de su vida.

El estudio estaba como iluminado por esa aurora feliz, por esa dicha incandescente que rompía el corazón de la que no la había vivido jamás. Ese privilegio de la libertad consumada, del amor elegido, del amor creado y cosechado, conseguido y compartido, parecía tan cercano bajo los dedos arrugados de Jacqueline... A la luz de la lámpara de techo sucia, la anciana miró largo rato a Nane y, finalmente, en esa novia cansada que había perdido el carmín de los labios a fuerza de alegría, Jacqueline colocó su rostro. El cabello negro azabache se transformó en una larga cabellera rubia y una tez diáfana iluminó el papel fotográfico. Los músicos habían apaciguado su ardor y se volcaban en la interpretación de aires románticos, y un alba nueva se abría para Jacqueline, descalza por las calles de París. Aleksander, de su brazo, desaparecía bajo las facciones borrosas del hombre de negro de la foto arrancada. Era él, era ella, eran los que deberían haber sido. Jacqueline notó el brazo contra el de él, el olor de su cuello que la inundaba, la quemazón sublime de sus manos sobre sus hombros.

Entonces la dama en bata rosa sentada en medio de los muebles muertos se adentró todavía más en sus ilusiones deliciosas y contempló el diaporama sobre los cristales sucios del estudio: los paisajes a orillas del mar, las carreras brillantes, las aceras de Nueva York, los bebés mofletudos, toda esa felicidad disponible que se escondía al fondo de las cajas era de ellos dos, porque nunca la habían tenido.

Ante nuestros mil ojos deslumbrados, la usurpadora se embriagaba de jazz, de negativos y de mentiras, y nosotras sabíamos que el crimen era mayúsculo; pero comprendimos que lo que le había vedado esa vida debía de ser un crimen todavía mayor.

Por la mañana temprano, en casa de los Le Gall sonó el teléfono. Marcel detestaba hablar por teléfono y quien contestaba era siempre Jacqueline. Cogió el auricular con la yema de los dedos. Era su mujer. Todo iba bien. Pero había decidido quedarse un poco más en la isla. Una semana. O dos.

14

Aquel día, Marcel y Paul decidieron ahogar su melancolía en el aperitivo.

Estaban sentados en las sillas de oficina del observatorio, mirando el cielo. Paul había puesto unos días antes una cama supletoria para Marcel. La guarida atestada y encaramada de Paul apaciguaba el alma de Marcel, magullada por el vacío de su propia casa. Al principio de la celebración, Marcel estaba taciturno. Y no era de extrañar: entre las revelaciones de Benín y el regreso de Jacqueline que se retrasaba, había razones para sentirse abatido. Paul presentía que su amigo estaba a punto de confiarle sus penas del corazón, de modo que hizo lo que cualquier hombre haría en su lugar: habló de astrofísica.

—SN2008nJ es una de mis supernovas preferidas. Una belleza, una luz fenomenal. Galaxia NGC1614. Habría podido verla, incluso con mi equipo, habría podido verla, no cabe duda... Los que encontraron SN2008nJ la vieron más o menos una semana después de la explosión de la estrella. Esa estrella tiene una masa de aproximadamente diez veces la del Sol, ¿te das cuenta? La llamarada de luz se desvanece rápidamente, y si no la detectas antes de un mes, lo tienes crudo. Los tipos la vieron el martes, debía de haber explotado el miércoles anterior... Te hablo de un miércoles de hace doscientos cincuenta millones de años, pero la luz ha tenido que viajar todo ese tiempo para llegar hasta nosotros. Tú miras las imágenes y lo único que ves es un punto en medio de otros puntos, como una gota de lluvia entre otras gotas de lluvia en un parabrisas de noche, y, sin embargo, ahí tienes la energía de cien mil millones de soles y la historia del universo. Ese es el milagro de las supernovas. Una galaxia caníbal que absorbe otra, una escala gigantesca que convierte nuestros planetas en motas de motas de motas de polvo, y, aun así, nos llegan un cuarto de millardo de años más tarde como pedos de conejo sublimes, solo para que podamos comprender la grandeza infinita y nuestra propia insignificancia y...

—Diecisiete chavales —lo interrumpió Marcel, que miraba el mismo cielo que Paul—. Ha apadrinado a diecisiete críos. Diecisiete, ¿me oyes, Paul? Eso ha tenido que ser una bendición para ellos, seguro. Pero nunca me lo ha dicho, Paul... Y hace un siglo que empezó esta historia, debe de hacer por lo menos treinta años. ¡Nunca me lo ha dicho! Que me oculte a un hombre, lo comprendo, todos hemos hecho algo así, pero ¿qué razón tiene para ocultarme a unos críos? Porque a mí, Paulo, me habría gustado mucho apadrinar también a esos pequeños...

La voz se le quebró.

—Vives con una mujer cincuenta años —continuó— y un buen día te das cuenta de que estás completamente solo: ella, yo, cada uno con nuestros secretos, nuestras historias... Cincuenta años hablándonos y, no obstante, nunca nos decimos nada de lo esencial. Y todas esas cosas que hemos silenciado, fíjate tú qué trabajo... «Una semana. O dos», ha dicho. Ya, o cuando las ranas críen pelo. Si hacemos el cálculo de todo, no hemos sido infelices, no, no hemos sido infelices... Nos hemos incordiado mutuamente, es verdad, pero tú sabes lo que son cincuenta años de matrimonio. No habría pensado que un buen día tomaría el portante, así, sin más...

Marcel suspiró.

—O sea, que nunca se conoce realmente a la gente. Incluso tú, Paulo —dijo Marcel, dándole con cuidado un codazo en las costillas—, podría ser, ¿eh, Paulo?...

—Uf, yo, los secretos... Todo eso es cosa de jóvenes —mintió él, mirando cómo chocaban los cubitos de hielo en su vaso de moscatel.

—Oye, ¿no le molestará a tu mujer si esta noche tomo prestado otra vez este catre? Por si bebo más de la cuenta...

Paul hizo un gesto indicativo de que no le molestaría a nadie y los dos hombres continuaron escrutando el universo. Abajo, en el dormitorio, Renée dormía.

En la isla de Yeu, la luz de un estudio proyectaba un halo amarillo en el cielo sin luna. En algún lugar del infinito, explosiones gigantescas hacían temblar la noche. Pero ¿cuánto tiempo tendría que pasar antes de que pudiéramos ver el resplandor y oír el susurro?

15

Paul se despertó a media noche y se incorporó en la cama. El ruido de la puerta del dormitorio cuando alguien intentó abrirla le golpeaba las sienes. Empezaba a amanecer y, en la penumbra, vio una silueta. Instintivamente, se levantó, y tardó unos segundos en darse cuenta de que el intruso no era otro que Marcel.

—Pero ¿cómo se te ocurre? —exclamó Paul, tratando de hablar bajo—. ¡Un poco más y haces que nos dé un infarto! ¡O, peor aún, despiertas a Renée! ¿Se puede saber qué tramas?

—Tranquilo, es solo un momento —dijo Marcel—. ¿Dónde guardas la Guía de Francia?

—¿La Guía de Francia? ¿Y eso no podía esperar a mañana?

—¡Chisss...! ¡Eres tú el que grita! Se me ha ocurrido una cosa. No sé si me han hecho pensar en eso tus ensaladas de estrellas y el hecho de que seamos motas de motas de polvo o yo qué sé qué, pero tengo un plan, y estoy tan excitado que no he pegado ojo.

—¡Vaya por Dios! —refunfuñó Paul—. Bueno, está en..., en... ¡Mierda!, ¿dónde está? Ah, sí, en el mueble del comedor, abajo. Hala, buenas noches.

—Voy a recorrer el Loira a nado —anunció Marcel.

—Sí, sí, hala, buenas noches, Marcel.

—Paulo, te digo que voy a recorrer el Loira a nado, desde el monte Gerbier de Jonc hasta el Atlántico.

—Sí, muy bien, y yo te digo que voy a acostarme y ni siquiera voy a poner el despertador; yo también tengo planes aventureros.

—Solo hay que hacer un flotador de espuma —continuó Marcel—. Tengo una mochila que puedo proteger herméticamente con una lona de camión, y poniendo unas botellas de Badoit para la flotación...

—¿¿¿Unas botellas de Badoit???

—Sí, porque lo he pensado bien y con las de Évian o Vittel no funcionaría. Al menor pinchazo, se vaciarían...

—¿Lo has pensado bien? —lo interrumpió Paul—. ¿Lo has pensado bien y vienes a las cuatro de la madrugada a comunicarme los frutos de tu madurada reflexión, o sea, que es una buena idea recorrer el Loira a los setenta y seis años sobre unas botellas de agua mineral, para ser exactos, Badoit?

—Es que eso no es más que un detalle del plan total. Para hacer honor a la verdad, hace años que pienso en ello. Bueno, ahora ya estás despierto, no vas a volver a dormirte. Siéntate y te lo explico. Ya verás, es un plan fantástico por un montón de razones.

—¿Con Renée aquí al lado? Tú no estás bien de la cabeza. Anda, ve al observatorio, yo voy a ponerme un pantalón y enseguida estoy contigo —refunfuñó Paul, buscando a tientas las gafas.

Una vez reunidos los dos viejos entre los telescopios, Marcel se puso a explicar su plan gesticulando. La idea había salido a la superficie la noche anterior, se le había presentado como una evidencia. La había tenido siendo joven, y la vida la había enterrado con los años. Y ahora, con la marcha de Jacqueline y la soledad que deja en la boca el sabor amargo de todo lo que uno no ha hecho y habría debido hacer, y de todo lo debería haber sido... Entre ese batiburrillo estaba el Loira. Hacía una eternidad que Marcel soñaba consigo mismo como héroe del río más largo de Francia, y el deseo había vuelto; tenía que aprovecharlo. Dado que el Loira no era navegable, iba a alternar marcha y nado. Mil kilómetros. Tenía treinta años de natación en agua fría a su espalda y una determinación inquebrantable.

Al principio se le había ocurrido hacer el trayecto a nado tradicional en los lugares donde había playas, en los que estaba permitido bañarse. Pero se había acordado de su primera experiencia, el otoño anterior, en *hidrospeed* o natación en aguas vivas, que le había entusiasmado. Con el *hidrospeed*, el nadador palmado descendía los ríos sobre un flotador, lo cual requería una excelente condición física, pero no un entrenamiento especial. Metido en su cama supletoria, Marcel había llegado a la conclusión de que se hallaban presentes todos los elementos para realizar por fin esa hazaña con la que tanto había soñado. Pero se guardaba lo mejor para el final.

Después de pasar una hora escuchando el plan de Marcel y haciéndole preguntas técnicas, Paul se rascó la cabeza y suspiró.

—Bueno, no es un mal plan. Desde el punto de vista de la ingeniería, es factible. Haciendo algunos preparativos, es posible entrenarse en los pequeños ríos de la zona, hay clubes de *hidrospeed*, veremos cómo lo hacen allí, no tendría que haber problemas.

—Ah, no, no hay tiempo, me voy ya, a finales de esta semana.

—Bueno, hombre, no hay un incendio...

—No, pero como Jacqueline está ahora en la isla de Yeu...

—¿Qué?

—Bueno, geográficamente, la isla de Yeu..., una vez que estás en el Loira y has llegado al Atlántico, está como aquel que dice justo enfrente —dijo Marcel haciendo zigzaguear la mano.

—Justo enfrente, justo enfrente, es mucho decir... Si lo que quieres es ir a buscar a tu mujer a la isla de Yeu, está el embarcadero de Fromentine, en treinta minutos te plantas allí...

—Pero ¿dónde está la gloria, Paulo, dónde está la gloria?... ¿No te parece?

—Uy, yo puedo ayudarte a construir la impedimenta, pero las mujeres y la gloria no son mi especialidad. Mejor pregúntale a Renée.

—No, no, no vale la pena. Está decidido.

—Bueno. Oye, pensándolo bien, no sé si unas botellas de Coca-Cola serían más adecuadas desde el punto de vista de la flotación. Lo de los dos litros...

16

Era curioso oír las historias de aquellos ancianos. A mí me parecía que intentaban cumplir su destino sin estar seguros de cuál era realmente. ¿Acaso no habían inscrito en alguna parte de ellos su razón de ser? ¿Y por qué se afanaban en tratar de encontrarla todavía, tan tarde?

Por mi parte, la contemplación de lo que sucedía en la villa me había distraído un poco de mi búsqueda de mariposa. La mayoría de mis hermanas ya habían encontrado a su «otra» loba. Ellas al menos habían cumplido su destino, mientras que yo todavía tenía que hacerlo. ¿Acaso no encontraría nunca a aquella por la que me había hecho adulta, pese a las decenas de miles de maniola jurtina que poblaban la isla? Ya veremos, pensé, suspirando. Todavía me quedaba un poco de tiempo. Quizá.

En la villa Linda Flor se había instalado una extraña rutina. Jacqueline se pasaba las noches en el estudio y los días encerrada en el bungalow. Durante las comidas, perfeccionaba su papel de convaleciente estoica de la que había que compadecerse en silencio. Nane se había acostumbrado a la situación y trataba a su prima como si siempre hubiera formado parte del mobiliario. Pero, para Arminda, en cambio, la prima resultaba cada vez más sospechosa.

Había empezado a hacer mucho calor en la isla, un calor abrasador que hacía refugiarse a hombres e insectos en los rincones y las sombras. Con los postigos apenas entreabiertos, Jacqueline se dedicaba a pequeñas tareas que la ocupaban horas. No pensaba en su matrimonio, que cada día de ausencia se deshilachaba más; intentaba con todas sus fuerzas no pensar en él. Esa vida que había dejado en el continente era como un peso muerto en el extremo de cada uno de sus pensamientos, del que colgaba la convicción de que llegaría el momento en que pagaría por su huida. De momento, el recuerdo todavía vivo de los tesoros encontrados en el estudio se había convertido en un formidable antídoto. Cosía un botón caído de su bata rosa y de pronto eso le hacía recordar un episodio de las cajas de zapatos. Escribirle una nota a Perpétue para acompañar el envío de un libro engendraba un diálogo imaginario con su corresponsal beninesa, y Jacqueline se reía entonces de su vida ficticia, que los pequeños admiraban.

Al principio se ponía a musitar de vez en cuando delante del espejo. Ahora se evadía como una actriz en su camerino, repitiendo guiones romántico-dramáticos con decorados de papel brillante. A veces se paraba en seco, con los ojos prendidos en algún fantasma escapado de sus ensoñaciones.

La pequeña reproducción bizantina de *La Virgen de la Ternura* atraía con frecuencia su mirada. María con la tez cuarteada, mejilla contra mejilla con el Niño Jesús, sus largos dedos de oro sosteniendo al pequeño como si fuera de plumas, su cabeza minúscula contra la de su madre. Realmente minúscula..., tenía que haber nacido muy prematuramente para ser tan pequeño, pensaba Jacqueline. Los miraba a menudo, a la madre y al hijo. Y en esos momentos dejaba de hablar; solo el polvo danzaba en el hilo de luz que rayaba sus manos arrugadas.

Por la noche, al menos, durante sus insomnios, yo sabía lo que hacía porque estaba allí, en el estudio. Me dormía sobre la hiedra mirándola vaciar las cajas. Jacqueline musitaba diálogos deshilvanados, quizá imaginando ser la reina de una velada en la que se interesaban por ella. Respondía a las preguntas invisibles con modestia, ella que, como todo el mundo sabía, era una mujer feliz, realizada, viajera y fascinante. Esos fragmentos incoherentes habían adquirido el tono de la sorna de Nane: Jacqueline se reinventaba una existencia aparte a la luz mortecina del estudio. Y cuantas más cajas abría, más aspecto de loca tenía.

Después de una semana sin que nadie la descubriera, Jacqueline debía de haber olvidado que su presencia allí era ilícita. La prudencia inicial se había esfumado: dejaba caer cajas, hablaba en voz alta y abría puertas que chirriaban. Hasta que pasó lo que tenía que pasar.

Aquella noche había terminado con las cajas del armario blanco de formica. Había viajado de Nueva York a Buenos Aires, de La Baule a Chamonix, de los nacimientos de niños a los cumpleaños de adultos, del blanco y negro al color, del papel mate al papel brillante, pero no había encontrado más fotos del hombre de negro. Sabía que Nane debía de haber guardado fotos de aquella boda de 1953 porque lo guardaba todo. Así que tenía que haber otra caja en alguna parte.

Después de haberlo fisgado todo, empezó a subir los peldaños de madera que ascendían hacia el altillo, donde había visto una caja con la etiqueta «Fotos» bajo la vela de windsurf. Pero, antes de llegar arriba, le habían llamado la atención unas imágenes en blanco y negro, amontonadas de cualquier manera, encima de un viejo armario. Había también allí una figura de alabastro, una pastora con sus ovejas azulada y mate, pero que en sus tiempos debía de haber brillado: era uno de esos adornos cubiertos de purpurina que cambian de color según el tiempo que hace.

Cogió las fotografías sucias y les quitó el polvo con la bata de satén: databan de los años cincuenta. Bajó de donde se había encaramado para inspeccionar el contenido del armario. Y cuál no sería su sorpresa cuando, en ese reino de puertas abiertas, encontró una cerrada con llave. Basta que una caja esté cerrada para que queramos abrirla, así es la naturaleza humana. Pero, para nuestra dama con mono de fotos, la tentación se convirtió de inmediato en una violenta obsesión. Embriagada de su propia locura, sacrificada toda mesura en el altar de su dependencia, intentó forzar la puerta.

El armario resistió pese a que los batientes estaban carcomidos. Se resistió a esa mujer que, en busca de su última oportunidad, estaba decidida a hacer saltar los cerrojos de la intimidad ajena. Tiraba y empujaba, y el armario trepidaba. Y de pronto un estruendo la dejó petrificada: la pastora de alabastro se había estrellado contra el suelo de hormigón. Jacqueline se quedó inmóvil y rígida, con el corazón desbocado y el dedo sobre el interruptor que acababa de apagar. Intentaba reconocer los ruidos de la noche: ¿acudían a buscarla para colgarla? Perdida en medio de los fragmentos de alabastro, la gravedad del destrozo la había pillado por sorpresa.

Aparte de su corazón, nada más se movía en el estudio. La anciana permanecía al acecho, a la escucha, rezaba, suplicaba, pero de pronto un miedo más grande la invadió: había oído un ruido. Fuera, la luna de la isla, enorme, formaba sombras en el jardín, pero Jacqueline no acertaba a decir de dónde procedía el sonido. Luego hubo otro, más claro, como un gruñido. Provenía de la vieja furgoneta Citroën.

Jacqueline se aventuró a ir de puntillas hacia la salida. En la oscuridad, caminó deprisa hacia el bungalow, pero otro ruido detuvo sus pasos: en la furgoneta, unas botellas se tambaleaban.

¿Iba a sorprender a Nane bebiendo? Por fin sabría a qué atenerse. Una oleada de satisfacción la reconfortó unos instantes: pillar a Nane en flagrante delito de ocultación minimizaba los suyos. En vez en entrar en el bungalow, se dirigió hacia el Citroën con paso sigiloso: el satén rosa tenía un brillo triste bajo la gran luna amarilla, la bata se enganchaba en las malas hierbas. La pared del estudio seguía ocultándola. Súbitamente, la puerta de la furgoneta se abrió de golpe y vio dos cuerpos desnudos.

Dio media vuelta en el acto para esconderse detrás de la pared, pero en su retina ardía la imagen que había sorprendido: las nalgas de un hombre que iban y venían entre unas largas piernas abiertas, una cabellera negra entrelazada por grandes dedos masculinos, las uñas mordidas de una mano fina y pequeña que agarraban las nalgas de este. Dos bocas unidas y luego la del hombre sobre un pecho, la voluptuosidad y la voracidad desnudas, el placer recibido y el placer dado. Una botella de vino y dos vasos habían sido volcados, pero los suspiros no cesaban. Eran Arminda y Bruno, el pescadero.

¿Cuántos segundos, o minutos, o quizá horas pasó Jacqueline allí, petrificada por segunda vez en la noche? ¿Y qué pulsión la empujó a estirar el cuello para mirar de nuevo? Estaba paralizada ante ese apasionamiento de Arminda, cuyas nalgas descansaban sobre una cazadora negra a modo de manta, ante esa escena en blanco y negro, escandalosa y deliciosa, ante esa urgencia de vivir que ardía como una hoguera y lo incendiaba todo en su propio interior.

Al final escapó hacia el bungalow y permaneció despierta hasta el alba. El hombre de negro la asediaba desde hacía cincuenta y seis años, pero aquella noche parecía tocarla toda, cuerpo y alma. Y cada caricia abría diez mil cicatrices al mismo tiempo.

17

Paul y Marcel necesitaron siete días para organizarse. Durante ese tiempo el observatorio fue transformado en taller de fabricación del flotador de Marcel. El diseño consistía en una cámara de aire de coche doblada en forma de C y atada con gomas elásticas cortadas también de una cámara de aire. Los asideros eran dos piezas de zócalo que ceñían aquella morcilla, unidas por un tornillo pasante envuelto en trozos de tubo de calefacción de PVC a modo de tirante. Para construir esa obra maestra de ingeniería, no habían reparado en medios. Había herramientas por todas partes: encima de la mesa, de la cama supletoria, del lavabo, dentro de la ducha... Renée refunfuñó porque había encontrado cola de madera sobre la banqueta del cuarto de estar. El suelo del observatorio estaba sembrado de pedazos de cuerda, botellas, cámaras de aire, bolsas de basura, celo y materiales no identificados, y una persona que no estuviera al tanto habría jurado que no servían para nada. De hecho, incluso Renée, pese a tener experiencia, tiró por descuido un minúsculo trozo de espuma que estaba junto al televisor; por desgracia, resultó que había sido cortado específicamente para el proyecto. Se ganó una buena bronca por parte de Paul y a partir de ese momento no tocó nada más. No obstante, ella también tuvo oportunidad de dar rienda suelta a su furia: Paul le había cogido el costurero para coser la lona impermeable y había torcido la mayoría de las agujas.

Hubo asimismo repetidas visitas a Mr. Bricolage y Decathlon. Siguieron las pruebas de estanqueidad en un barreño que Paul había llevado al garaje. Marcel se pasaba la mitad del tiempo en bañador. La víspera del gran día, estaba solo en el observatorio. Había extendido sobre la cama, sin orden ni concierto, todo el material previsto para su viaje: un saco de dormir, la tienda de campaña más pequeña que había podido encontrar, ropa, mapas, una bolsa estanca que contenía el billetero, un cuaderno y tres lápices, una navaja normal, una navaja suiza, un teléfono móvil y su cargador, bálsamo de tigre, alcohol de 90º, una taza de aluminio, una cuchara, un tupperware (con queso, pan y albaricoques y ciruelas secos), una toalla de baño con sus iniciales bordadas, una pequeña bolsa de aseo estándar, una brújula, una linterna recargable, unas gafas de sol, un encendedor y un solo libro, la guía del Loira. Las aletas y el flotador de fabricación casera sobresalían de la mochila hecha con lona de camión cosida a mano que llevaría contra el pecho. En una esquina del observatorio se alzaba su bastón de bambú, hecho también por él mismo.

La pieza más importante de la expedición, el corazón mismo de la aventura, se encontraba en el escritorio de Paul, encima de la pila de manuales de astrofísica: una tabla Excel que Marcel había pasado horas nocturnas elaborando. Protegido por una funda transparente comprada para la ocasión e impreso por triplicado, ese soberbio documento de varias páginas contenía todo su periplo. Se lo había enseñado a Paul, el cual había dicho: «Me quito el sombrero», pero, al fin y a la postre, era como si estuviese destinado a jueces con el brazo más largo, a la posteridad quizá, o a unos descendientes improbables, o, quién sabe, a los que nunca habían creído en él. En su tabla figuraban todas las ciudades-etapas, las fechas correspondientes y, para cuando fuese necesario (cada tres o cuatro días, a fin de utilizar la ducha), las direcciones de sus áreas de camping. Para recorrer el millar de kilómetros, Marcel había calculado ocho semanas a una media de veinte kilómetros por día, es decir, unas seis horas de marcha cotidiana. Se trataba de una estimación muy por debajo de sus capacidades, puesto que estaba acostumbrado a marchas de cuarenta e incluso cincuenta kilómetros. Además, con el *hidrospeed* iría mucho más deprisa, pero había preferido pecar por exceso. Contaba con llegar a Notre-Dame-de-Monts, en la playa del Pont-d'Yeu, el punto de la costa más cercano a la isla, a mediados de agosto. En resumen, la aventura estaba perfectamente planificada y su equipo había sido probado, verificado y adaptado. No faltaba nada. Y, sin embargo, sentado en la cama en medio de su impedimenta, Marcel ya no tenía ningunas ganas de irse.

18

Marcel tenía la impresión de despertar de un sueño desazonador. Durante toda la preparación se había esforzado en acallar la vocecita nasal que le repetía que no era una buena idea. No se trataba únicamente de que fuera a embarcarse en un recorrido de mil kilómetros él solo frente a innumerables peligros cuya gravedad forzosamente subestimaba, sino que además, él solo frente al agotamiento a sus setenta y seis años, no estaba en absoluto seguro de sobrevivir. La idea de por sí ya era especialmente descabellada. Pero si, además, se aferraba a la ilusión de que ese viaje salvaría su matrimonio, lo absurdo de la empresa alcanzaba cotas increíbles. Porque, por supuesto, lo que no había dicho durante esa semana de preparación era que en todo momento, mientras hacía bricolaje, mientras elaboraba su tabla Excel, se veía llegando a una playa de la isla de Yeu como un héroe con ampollas en los pies, aureolado por su hazaña, y besando a su Penélope, la cual, al cabo de más de cincuenta años, admitía por fin con un suspiro admirativo que su marido era alguien. Y que, al final, todo volvería a ser como antes..., tal vez incluso mejor. Eso era lo que se había dicho Marcel, en bañador, metido en el barreño.

Aquella noche solamente quedaba la vergüenza de haber arrastrado a Paul en aquel proyecto estúpido. Y esas voces familiares y a la vez nuevas, ese coro infernal que le susurraba que lo que había que hacer, lo que cualquier persona sensata haría, era volver a su casa, recuperarla, tomar de nuevo las riendas de su vida, reanudar su chapuzón cotidiano y esperar a que ella regresara. Paralizado en la cama como si unos brazos invisibles le impidieran moverse un milímetro, Marcel intentaba pensar en lo que había que hacer. Se levantó de un salto y metió sus bártulos en la mochila; no quería seguir viéndolos. Como no cabía todo, guardó el resto en una gran bolsa de basura y la metió debajo de la cama. Justo en ese momento, Paul volvió a su madriguera. Antes de que hubiera podido decir nada, Marcel le advirtió:

—Oye, Paul, mira, ahora veo las cosas claras... y creo que es más razonable que me quede.

Se extendió en frases inconclusas, sin encontrar las palabras adecuadas, y al final, ante lo que le pareció percibir como decepción en los ojos de Paul, le dijo:

—Bien pensado, después de tanto trabajo..., ¿no quieres hacerlo tú?

Paul se echó a reír.

—¿Yo? ¡No, no! ¡El agua no es lo mío! Pero, fíjate, no me extraña lo que me dices, algo me olía. Pues nada, no vayas.

Marcel lo miró de soslayo.

—Es verdad, comprendo lo que sientes —prosiguió Paul—. Esta aventura es arriesgada, sobre todo a nuestra edad. Me pregunto si no harías mejor quedándote en casa tranquilo. De todas formas, Jacqueline no tardará en volver. Si quieres, puedo echarte una mano para arreglar tu choza, así aprovechas que tu mujer no está para ponerla a tu gusto. Querías una tele nueva, ¿no? Pues podemos hacerte un rincón la mar de cómodo. Voy a decirte una cosa, y sé de lo que hablo: de los sueños de juventud hay que huir como de la peste, solo traen complicaciones...

—¿Y si Jacqueline no vuelve? —murmuró Marcel mirándose las manos.

—Si no vuelve saldrás adelante, hombre. ¿Sabes que organizan bailes con orquesta todos los domingos en la sala de fiestas de Lamballe? Se dan cita todas las viudas; Renée fue una vez, antes de tener problemas de salud, y se lo pasó en grande. Venga, seguro que encontramos a un jovencito a quien le interese nuestro *hidrospeed*. Créeme, si Dios hubiese querido que recorrieras el Loira, te habría dotado de aletas.

Dos días más tarde estaban los dos a cientos de kilómetros de Erquy, en Ardèche, concretamente en el monte Gerbier de Jonc, donde se encuentra el nacimiento del Loira.

19

En la villa el cielo ya se había encapotado. La isla rezumaba de pronto lluvia y frío. La ventana del cuarto de baño del bungalow se había quedado abierta y pude refugiarme allí. Jacqueline acababa de despertarse. Las imágenes del día anterior la asaltaron y le pareció que salía directamente de un sueño amargo: las noches en el estudio, la oleada de calor, los cuerpos desnudos en la furgoneta, todo parecía increíble, como si le hubiera sucedido a otra. La idea de seguir en aquel bungalow que olía a polvo mojado le helaba los huesos. En cuanto las cajas de zapatos aparecían en su mente, levantaba los hombros dando un respingo para hacerlas desaparecer. De pronto sintió deseos de ver a Nane, de dejar aquella soledad pegajosa, de volver a la villa. Se arregló con tanta coquetería como el tiempo podía concederle y se dirigió hacia la casa saltando entre los charcos.

Jacqueline se sintió decepcionada al encontrarla vacía: Nane ya debía de haberse ido de compras y Arminda... La anciana dio otro respingo al pensar en ella. Aun así, el salón le pareció acogedor y seco y decidió esperar allí a su prima. Entre los libros de la biblioteca escogió una de las novelas policíacas a las que esta era aficionada; pese a no ser su género preferido, se sentó en un sillón y empezó a hojearla casi con desdén. Una hora larga había transcurrido sin que Jacqueline, totalmente sumergida en la novela, se diera cuenta, cuando Arminda entró en el salón con una cesta de ropa para planchar.

Se saludaron casi sin mirarse. Jacqueline hizo el esfuerzo de levantarse del mullido sillón, pero Arminda le dijo que no se fuera, que su presencia no la molestaba. Mientras la chica sacaba la tabla de planchar de debajo de la escalera, Jacqueline fingió sumergirse de nuevo en el libro. Sin embargo, pese a las aventuras de un psicópata asesino muy imaginativo, no lograba coger de nuevo el hilo de la historia. Arminda instaló la tabla y puso un CD en el equipo de música: fados, esas canciones tradicionales portuguesas que hablaban de amores siempre un poco trágicos. Entretanto, Jacqueline leía una y otra vez el mismo párrafo. Le habría gustado tener ojos en la parte superior de la cabeza para escrutar a Arminda, quien, por su parte, también la miraba a ella a hurtadillas.

El olor de ropa caliente se mezclaba con los perfumes de lluvia de verano, el «psssccchhh» del vapor acompañaba las notas languidecientes de los fados y Jacqueline, acurrucada en el sillón raído de Nane, olvidó poco a poco el malestar que flotaba y se evadió con el asesino en serie. Pero la voz dura de Arminda la sacó de las prisiones insalubres de Nevada:

—Jacqueline, mire, no quiero meterme en sus asuntos, pero no creo que a Nane le entusiasme enterarse de que usted fisga en su estudio a media noche.

La anciana se quedó sin respiración. Clavó sus ojos redondos en Arminda, la cual los bajaba hacia la prenda que estaba planchando. «Psssccchhh, psssccchhh...»

—No le he dicho nada a Nane —continuó la joven—, pero quería que supiera que no me parece correcto. Hay cosas muy personales en el estudio, y...

—¿Y cree que a mí me parece correcto que usted tome esta casa por un burdel? —dijo Jacqueline elevando el tono de voz.

Arminda levantó la cabeza. La sorpresa, la indignación y la cólera colorearon sucesivamente sus pómulos. Los de Jacqueline estaban también rojos, embriagados por la virulencia de aquella réplica que había salido sola. Las dos mujeres estaban tiesas como gallos. Hubo unos segundos de silencio tenso, ridiculizado por los lamentos exagerados de la cantante de fados.

—Usted no sabe nada de esta casa... —le espetó por fin Arminda, con la rabia a flor de piel.

—Sé que se le esconde a mi prima un intruso que viene a su casa por la noche y que su asistenta se refocila como una...

—Me pregunto a quién debería darle vergüenza, si a la puta que se refocila con su amante cuando eso no hace daño a nadie, o a la gran dama que hurga en el pasado de los demás.

—Ese pasado también me pertenece, mire usted por dónde —replicó temblando Jacqueline, que empezaba a arrugarse—. Nane y yo hemos vivido cosas que usted jamás podrá comprender.

—No, no, Jacqueline. Aquí no hay nada que le pertenezca. Todo es de Nane, todo. Y voy a decirle una cosa: no es usted la primera, ¿sabe? He visto celosos que han venido a meter las narices en la villa para llevarse un trozo de Nane. La señora Verbowitz ha tenido una vida extraordinaria, sí, gloria, dinero, excentricidad, y además está la herencia, que ahora ya no tardará mucho, ¿eh?, eso es lo que piensan, así que mejor ser amigos. Pero que rebusquen entre las fotos, entre los secretos, de esos no había visto ninguno.

—¿Cree que estoy aquí por la herencia? —repuso Jacqueline con sarcasmo—. Pero, hija mía, ¡no tiene usted ni idea de la familia a la que pertenezco! ¡Yo podría comprar diez veces esta casa!

—Y los recuerdos que hay dentro, ¿quiere comprarlos también o simplemente tomarlos prestados?

—Pero, si tan desinteresada es usted —dijo Jacqueline, crispada—, ¿por qué esconde al pescadero?

—Seguramente por las mismas razones que usted, Jacqueline.

—¿Perdón? —dijo la anciana, desconcertada.

—¿Por qué no deja a su marido de una buena vez, eh? Yo voy a decírselo: porque tener valor para vivir su vida destrozaría la de los demás, por eso. Nane...

Arminda se interrumpió y Jacqueline se quedó paralizada: el teléfono acababa de sonar. La joven hizo un ademán para ir a cogerlo, pero se detuvo al oír un ruido de pasos en el descansillo y la voz sofocada de Nane que respondía.

—¿Nane está en casa? —preguntó Jacqueline, desconcertada.

—Estaba acostada, tiene cistitis. Pensaba que dormía.

Arminda se puso otra vez a planchar. Un silencio tenso envolvió la habitación.

—Para la cistitis debería beber zumo de arándanos rojos —afirmó Jacqueline sin mirar a la chica.

—No hay en la isla.

—El nabo también es bueno para eso. Y los puerros también.

—Ya he hecho caldo —contestó Arminda con aspereza.

—No, no —replicó Jacqueline—. Lo que va bien para la cistitis no es el caldo. Cueza a fuego lento seis puerros regados con aceite de oliva y después aplíquelos bien calientes sobre el vientre.

—¿Sobre el...? —dijo Arminda, irritada—. Mire, a Nane no le molesta que los invitados no hagan los honores a su cocina, pero no estoy segura de que le entusiasme que hagan cataplasmas con ella.

Jacqueline se quedó petrificada, con la novela norteamericana sobre las rodillas. Se sentía ofendida. Su prima jamás se habría permitido hablarle en ese tono. Su apetito siempre había sido un tema delicado. Una cólera triste la inmovilizaba. Le picaba la nariz y las sienes le latían. Arminda fue a guardar las servilletas en un cajón de la cómoda. Seguía lloviendo y la anciana tenía ganas de ir a acostarse también a un lugar caliente y seco. Jacqueline se levantó y se dirigió hacia el pasillo. Al llegar al hueco de la puerta, se volvió y espetó a la asistenta:

—Considérese dichosa por la vida que ha tenido y la época en la que vive, Arminda. Yo no he tenido hijos y en mis tiempos no había los tratamientos que hay ahora ni tantos especialistas. Nos arreglábamos con lo que teníamos, es decir, con las cosas naturales. Yo era hija única y mi madre estaba destrozada por que no tuviéramos hijos. Si oía decir que Fulanita se había quedado embarazada porque había comido ostras, cuando llegaba la temporada me llevaba ostras para todas las comidas. Aceite de germen de trigo, hígado... Durante un tiempo me despertaba a media noche para que comiera espárragos... Eso empezó a los diecisiete años, y durante más de veinte encargó que me llevaran cosas de comer todos los días. Murió cuando yo tenía treinta y nueve años. Desde entonces, veo una comida y pienso en la pesadumbre de mi madre y en los hijos que no he tenido. Ese pasado, Arminda, es el que usted nunca podrá comprender.

La joven había mantenido la mirada gacha. Quiso decir algo antes de que Jacqueline se fuera, pero los pasos de Nane en la escalera las interrumpieron a ambas.

—Arminda, quería decirte que Eugene y Cindy, sabes quiénes son, ¿no?, los amigos de Nueva York —dijo Nane en un susurro—, llegan el martes a la hora de comer para estar tres días. ¿Te ocupas tú de los menús? Yo no tengo la cabeza para eso.

—Yo me ocuparé —intervino Jacqueline, como si su vida dependiera de ello.

Nane y Arminda la miraron con recelo.

—Como le decía a Arminda justo hace un momento, no es que yo tenga mucho saque, pero sé cocinar cuando es preciso. Tú no estás en condiciones, no hay más que verte... Deja que lo prepare todo yo, lo haré encantada.

Nane miró de nuevo a Arminda y luego a Jacqueline, que se había puesto muy tiesa.

—Bueno, pues nada, nada, encárgate de lo del martes a mediodía —dijo antes de volver hacia la escalera arrastrando los pies. Y añadió—: Mientras les sirvas la comida en el plato y no se la eches encima, por mí ya está bien.

20

Si aquellos días habían sido difíciles para Jacqueline, gracias a algunos caballitos del diablo sabíamos que los siguientes fueron terribles para Marcel, sumergido hasta el cuello en el Loira. En el monte Gerbier de Jonc, Paul había ayudado a Marcel a cargar su impedimenta a la espalda. Le había hecho una foto con una cámara digital recién estrenada y se la había enseñado al interesado: el deportista tenía un aspecto un tanto ridículo con la cámara de aire sobre el vientre y la enorme mochila a la espalda, posando con aire envarado al lado del cartel que rezaba: MONT GERBIER DE JONC. Paul había bromeado diciendo que se la enviaría a un amigo periodista que trabajaba en *La Nouvelle République*, pero enseguida se había dado cuenta de que debía marcharse antes de que Marcel cambiara de opinión. Así que le había dado un abrazo y habían quedado en verse en Notre-Dame-de-Monts.

—Me haces una llamada, ¿vale?

Luego su coche había desaparecido detrás de un autocar de turistas. Esa había sido toda la despedida.

Marcel había echado a andar siguiendo el riachuelo que un cartel denominaba Loira en pequeñas letras cursivas. Seis kilómetros más adelante, el curso de agua se ganaba el derecho a unas letras mayúsculas y un puentecillo que llevaba a Sainte-Eulalie. Pequeñas iglesias, algunas casas abandonadas, un cielo súbitamente acorde con el paisaje, un camino de tierra bordeado de pinos y avellanos, prados poblados de caballos, bellas formas en piedra..., ¡ah, si al menos Marcel hubiera podido ver esa tierra sobre la que caminaba! Pero solo veía el dolor de poner un pie delante del otro. Su cuerpo se rebelaba contra el peso del equipaje y la amenaza de los mil kilómetros por delante que lo hacían todavía más pesado.

Las tres primeras noches durmió en pequeños hoteles. Pero en las tres ocasiones el despertar fue terrible. El cuarto día montó la tienda sobre un banco de arena. Por la mañana ya no había sitio para las ilusiones: era el infierno.

Ampollas en los pies, hongos entre los dedos, la espalda encorvada bajo aquella mochila demasiado pesada, la rodilla que amenazaba con plantarse. Cardenales y arañazos, la mitad de sus cosas mojadas y él, que nunca había temido al frío, toda la noche tiritando. Al teléfono le había entrado agua en la primera zambullida, imposible hacerlo funcionar. La colchoneta, demasiado fina, le martirizaba la espalda. Su estómago se quejaba de hambre, el resto seguía, con dolor de cabeza los días de viento. Sus costillas y sus promesas estaban sin aliento. No podía hacer veinticinco kilómetros al día. No con esa mochila que pesaba como un muerto. Quince kilómetros era el máximo. En varias ocasiones creyó haber llegado al límite de sus fuerzas y conseguido recorrer veinte kilómetros. Y al mirar el mapa eran apenas diez.

Recordaría su primer descenso en *hidrospeed* el resto de sus días. Se había tirado al agua en las inmediaciones de Cusac. No estaba previsto en su itinerario, era demasiado pronto, el nivel, demasiado bajo, había demasiados rápidos, demasiadas piedras. Pero no podía esperar más: andar era tal tortura que el agua sería forzosamente más agradable. Su cuerpo maltratado solo aspiraba a flotar. Así que había metido la impedimenta en el agua. La fuerza de la corriente lo había pillado por sorpresa y enseguida había arrastrado la mochila atada a su cintura. Le había costado Dios y ayuda colocar el flotador correctamente y se había dado cuenta de que no era nada práctico. De inmediato, y a una velocidad excesiva, mochila, flotador y hombre habían bajado por el Loira como náufragos. Se le habían enganchado los pies, metidos en las aletas, y se había golpeado varias veces las rodillas contra el lecho rocalloso. Pasar los primeros rápidos, pese a que parecían insignificantes desde la orilla, había sido una pesadilla. Marcel se había hecho desollones en varias zonas. No conseguía mantener el rumbo. Mantenía con dificultad la cabeza fuera del agua, se acercaba demasiado, y demasiado deprisa, a la orilla cubierta de altas hierbas. Apenas veinte metros más lejos, se había encontrado enredado entre los árboles y las zarzas y la cuerda que lo unía al flotador se le había enrollado alrededor del cuello, mientras que la corriente lo zarandeaba. Marcel habría querido coger el cuchillo para liberarse, pero lo había perdido en los remolinos, y, para colmo de males, el agua había entrado por todas partes. Le habían fallado las fuerzas, pero, al final, milagrosamente, había podido salir de su prisión de agua, cuerdas y hierbas para alcanzar la orilla. Había estado a punto de ahogarse. Le dolía todo y estaba sin aliento. Aquella expedición era una mala idea desde el comienzo.

Se había dado cuenta de su principal error ya el primer día: en verano, el nivel del río era demasiado bajo para recorrerlo a nado con *hidrospeed*. Y, si bien se descendía por el Loira en canoa, no podía hacerse con flotador. Tendría que encontrar los sitios suficientemente profundos para pasar con *hidrospeed*. Lo que significaba andar más y nadar menos. Se había detenido después de Le Puy-en-Velay y, demasiado cansado para encontrar un emplazamiento mejor, había acampado en un banco de arena minúsculo y fangoso. Detrás de él, la carretera departamental. Había hecho acopio de sus últimas fuerzas a fin de recoger ramas para encender una fogata. Se había dormido tiritando y despertado a la mañana siguiente muy temprano con cien años más.

No se movía de su banco de arena mojada. Había dejado el largo bastón de bambú a su lado, junto a las cenizas de la fogata de la noche anterior. Las agujetas le impedían moverse. Miraba el Loira, ahí, ante él, correr y escapársele. El río iba hacia el océano y él se quedaba allí, demasiado viejo para alcanzarlo. Veía de vez en cuando una rama que flotaba, o una hoja, o una mosquita todavía más minúscula, y pensaba que podría ser él yendo hacia el Atlántico, pero todo iba demasiado deprisa, el río, los trenes, todo. Le resultaría imposible llegar a Notre-Dame-de-Monts a tiempo. Había que revisar todo el plan. Y se había quedado sin teléfono. Así que más valía suspenderlo. Quizá fuera a la isla de Yeu en tren y en barco, en dos días estaría allí y en paz, asunto solucionado.

En medio de su desánimo, había algo que se repetía. Un pensamiento venenoso, pero no un pensamiento franco, con el que habría podido razonar, sino más bien reticente, sí, un pensamiento reticente y, en definitiva, amargo y cobarde. Como una mosca que revoloteara alrededor de una cosa vieja que se pudría lentamente y en la que antes de la desaparición de Jacqueline no hubiera reparado. O un fantasma que le dijera constantemente que era orgulloso y ridículo, que no lo conseguiría jamás. Marcel intentaba liberarse de él y le apartaba la cara con mano impaciente o volvía la cabeza de golpe. De lejos parecía un loco, gesticulando contra el viento, pero al menos así lograba que ese pensamiento se fuera. Sin embargo, el fantasma siempre regresaba. Había acabado por preguntarse si no sería el propio Loira el que le hablaba como a un don nadie.

Un sonoro pluf lo sacó de sus pensamientos de rendición: un pescador cogía tranquilamente un pez que se agitaba en el extremo del sedal. Marcel no había reparado antes en ella, pero un poco más allá, en la otra orilla , detrás de los árboles, había una vieja caravana en un estado de descomposición avanzado; apenas se la podía ver detrás de los sauces llorones y las altas hierbas. Había también un perro labrador que esperaba dócilmente al lado de una nevera portátil mugrienta.

Marcel miró al pescador, un hombre, en torno a los sesenta años, con barba de tres días y, en la cabeza, una gorra de tela ligera con visera de plástico. Le dirigió un saludo con la cabeza y Marcel hizo lo mismo. La mañana transcurrió así, y cuanto más tiempo pasaba Marcel sentado en la orilla, más convencido estaba de que su epopeya acabaría allí, a una distancia de pocos días del monte Gerbier de Jonc. Esperaba la oportunidad de marcharse, pero por el momento era totalmente incapaz de moverse. Aquel río de dolor lo había anegado todo.

Hacia las diez, el pescador volvió a donde estaban su silla plegable y su perro. Desapareció varias veces detrás de la vieja caravana. Rebuscó en la nevera y sacó unas bolsas de plástico manoseadas. Encima de la tapa de la nevera disponía pan, mantequilla y, sobre un trozo de papel de carnicería, algo que tenía toda la pinta de ser paté. De repente Marcel notó un olor de cocina que le abrió el apetito. Fue, pues, a abrir una lata de caballas al vino blanco y se puso a comérselas con ayuda de la navaja suiza. De pronto oyó silbar. El pescador lo miraba y levantaba la botella de vino tinto.

—¡Eh!

No hizo falta decírselo dos veces. Es curioso, Marcel no se había dado cuenta hasta entonces de hasta qué punto necesitaba compañía.

—¡Ah, si me tienta así! —dijo sonriendo.

Y el anciano cruzó el río con su mochila, procurando que no se le cayera la lata de caballas al vino blanco. El agua estaba tan fría que parecía llena de cuchillos, pero se esforzó en no dejarlo traslucir.

—Su combustible va a entonarme —comentó Marcel cuando hubo llegado al otro lado—. Porque este Loira me ha dejado en un estado lamentable.

—Beba... —dijo el pescador sirviéndole un vaso.

Marcel dio las gracias a su anfitrión y se preparó para la verdadera conversación, las preguntas: ¿qué hace en un banco de arena?, ¿recorrer el río?, ¿de dónde es?, etcétera. Pero no llegó nada, aparte de una rebanada de pan que el pescador había cortado con su navaja. Este desplegó para su nuevo compañero una silla medio oxidada. El labrador miraba a Marcel con ojos tranquilos. Debía de estar acostumbrado. O a lo mejor era demasiado viejo para protestar. Marcel intentó varias veces entablar conversación.

—¿Y la pesca qué tal? ¿Pican?

Pero el hombre era parco en palabras:

—Lucios, mmm... Desagües, ufff... Temporada baja...

—Está tranquilo aquí, ¿eh? Es un rincón muy bonito.

—Mmm... Sí, ya.

—¿Viene a menudo?

—No decido yo. Los peces...

Y el pescador levantó la cabeza y miró el cielo, el tiempo suficiente para que Marcel se preguntara si había que esperar algo; finalmente el hombre volvió a tierra firme y acarició la cabeza al perro.

—Malo, ¿eh? —El animal volvió la cabeza despacio—. No hay que tener prisa —dijo el pescador—. A su salud.

El pescado que se estaba asando sobre un hornillo al lado de la caravana olía bien. Pan, mantequilla, pescado a la plancha, morapio... Los dos hombres se sentaron en las sillas plegables. Marcel dio las gracias a su anfitrión y le dijo que todo estaba excelente. Este último, por toda respuesta, hizo un pequeño gesto con la barbilla que Marcel interpretó como un «De nada, ahora nos callamos». Así que se calló e imitó al viejo perro, que miraba cómo pasaba el Loira.

Era bonito, vaya que sí, el Loira. El sol empezaba a arrancar destellos al agua y a suavizarle las agujetas. Por detrás de los árboles y del murete de piedras que los separaban de la carretera, pasaba un coche de vez en cuando. Si no, los pájaros, los árboles, el viento. Marcel notó que sus músculos se relajaban un poco. «No —reflexionó—, esa voz solapada y oscura que me dice que no soy digno no es el Loira. Es demasiado bonito para eso.»

De pronto el labrador se manifestó. El hombre y el perro se miraron; luego el pescador se inclinó para buscar algo dentro de la nevera. Lo que sacó hizo arquear las cejas a Marcel: unos tubos de píldoras homeopáticas. El pescador dejó caer sobre la mano tres bolitas de cada tubo y se las dio al animal diciendo: «Perro, perro...». Marcel se quedó mirando al animal masticar los gránulos mientras observaba el río. Le habría gustado preguntar por qué seguía el perro un tratamiento, pero no se atrevió a molestar al pescador, que daba sorbos de vino tinto. Al cabo de unos minutos el pescador dijo:

—Menisco. ¿Más vino?

Por unos instantes Marcel se preguntó si sería el nombre del perro, pero llegó a la conclusión de que era la respuesta a la pregunta que él no había hecho y alargó el vaso para un trago suplementario.

—¡Eche!

Se callaron de nuevo, hombres y perro, dejando la charla para los pájaros. Marcel pensó que quizá había llegado el momento de despedirse de sus anfitriones mudos, pero enseguida cambió de opinión. Estaba mejor allí que en su banco de arena. Después de todo, su aventura terminaba ahí, había tirado la toalla, no serviría de nada darse prisa.

Y, en unos segundos, el humor de Marcel cambió radicalmente; a semejanza de aquel decorado silvestre que se iluminaba cuando el Sol salía de detrás de una nube, el futuro se volvió límpido. Era como si la brisa hubiera llegado hasta sus oídos y lo hubiera remozado y barrido todo salvo lo esencial. La solución estaba ahí desde el principio, y sin embargo, él se había empecinado. Una frase gloriosa martilleaba en sus oídos: «Pero ¿por qué me amargo la vida?».

Se hundió un poco más en la silla plegable, feliz de haber evitado un desastre. ¡Y pensar que había estado a dos dedos de pasar por al lado! Ahí estaba la evidencia, al alcance de la mano, y por más que le hubiera dado una patada en el culo, él, con toda su experiencia de la vida, ni siquiera la habría visto. Había tenido que toparse con aquel profeta con botas de pescar, comedor de paté y homeópata de agua dulce para verla claramente. Había dejado pasar aquellos cuatro últimos días cegado por un proyecto a medio madurar, no había comprendido que era eso lo que buscaba: la libertad.

Entonces Bóreas, el vientecillo llegado para la ocasión, así como el perro, los pájaros, los peces y demás criaturas, incluidos los cisnes salvajes y los castores, pese a no ser muy sensibles, contuvieron la respiración. ¿Era creíble que un hombre actual, otro más, decidiera vivir sin prisas, al ritmo de las estaciones, como el resto de la creación? ¿De verdad era creíble?

Pues no. Marcel había decidido que descendería el resto del Loira en canoa. Para ver si así iba más rápido. Para ver si así llegaba antes del día previsto en su tabla Excel. ¡Pedazo de alcornoque!

21

Marcel hacía el oso en una canoa. Paul intentaba comprender el universo en su desván. Arminda trataba de aclarar su historia con el pescadero. Jacqueline preparaba un festín a escondidas y Nane estaba ocupada siendo Nane. Y Mathis, ¿qué hacía el pequeño Mathis mientras tanto? Me miraba de cerca. Y lo más curioso era que sentía interés por mí precisamente en el momento en que yo ya no sentía interés por nada. Excepto por cierta mariposa de la ortiga.

La mariposa de la ortiga es, como yo, de la familia de las *nymphalidae*. Los hombres la llaman también *Aglais urticae*, del nombre de Aglaya, una de las tres Gracias, y no seré yo quien los contradiga. Ni Mathis, dicho sea de paso. Él fue el primero en verla. No se habría parado delante de una loba; el jardín estaba lleno de esas mariposas. Pero en la isla de Yeu una mariposa de la ortiga se había convertido en una rareza; yo no había visto ninguna. Con sus alas de color naranja, adornadas con semicírculos azules y manchas negras ribeteadas en dorado, Aglaya maravillaba a todos los residentes del jardín, tuvieran alas o patas. Parecía una mariposa de los juegos de Memory que le gustaban a Mathis. De pronto, como hipnotizada, fui tras ella rozando las hierbas, imitando su revoloteo. Nos reconocimos. El cortejo nupcial que siguió, si bien fascinó a Mathis con su coreografía graciosa, a mí me dejó ciega para todo cuanto pasaba a nuestro alrededor. Aglaya, afortunadamente, permanecía alerta y me elevaba de vez en cuando si Mathis se acercaba demasiado. Pero durante varias horas, o varios días, ni lo sé, todo se redujo a bonitas flores. Gracias a esos momentos infinitos comprendí de pronto, con una claridad fulgurante, por qué había nacido mariposa.

Pero dejemos mis retozos, volvamos a nuestros amigos estadounidenses. Eugene (pronúnciese Iuyín) y Cindy no eran, en efecto, amistades como las demás. Eran excéntricos, por supuesto, como todos los invitados de Nane. Eugene, cincuenta y cinco años, había sido sucesivamente periodista, poeta beatnik, batería en un grupo de rock, corredor de fincas y restaurador, y tenía ahora una librería-café en el Greenwich Village. Cindy, su segunda esposa, de origen japonés, era traductora a este idioma de novelas escritas en lengua inglesa. Sin embargo, para Jacqueline eran unos amigos estadounidenses apasionados de la literatura. Jacqueline había asistido a clases de inglés en los últimos diez años y sentía fascinación por Nueva York desde la adolescencia. Y, con el paso de los años, se había hecho experta en la gran literatura norteamericana; Perpétue habría podido confirmarlo. Jacqueline estaba, pues, silenciosa y enormemente impaciente por conocerlos. Y además por fin podría impresionar a Nane. ¡Miel sobre hojuelas!

Se volcó en cuerpo y alma en la tarea, lo que resultó ser un antídoto contra los pensamientos venenosos más eficaz incluso que las visitas al estudio. Las palabras de Arminda todavía restallaban a veces en su mente, y en esos momentos la elegante anciana se ponía a hablar entre dientes. La portuguesa había dejado a su marido por las buenas y se había arrojado en brazos de otro, ¿y a eso lo llamaba vivir su vida? ¿Y encima quería una medalla por su valor? Los jóvenes no entendían nada. La súbita cólera de Jacqueline se dirigía a continuación hacia su marido: ¿por qué no la llamaba Marcel? Él tampoco parecía impaciente por que regresara. De todas formas, la culpa de todo aquello la tenía él. Luego volvía a pensar en la comida con los estadounidenses y recobraba la calma. Durante tres días enteros, sus libros y su correspondencia permanecieron sin ser tocados en su mesilla de noche, mientras ella recorría las calles de Port-Joinville en busca de los ingredientes para una comida perfecta. Quería componer para la ocasión una mesa campestre. Para los amigos americanos, deseaba una oda a la elegancia francesa, un refinamiento sencillo y sin esfuerzo, blanco, manteles antiguos, productos frescos de la isla, porcelana bonita y flores silvestres. A espaldas de Arminda, escogió del aparador-vitrina que olía a madera antigua la vajilla, la cristalería, la cubertería de plata y la mantelería bordada. Nada demasiado ostentoso, por supuesto. Durante tres días enteros garabateó, tachó y rehízo listas en una libretita. El menú, lo primero de todo: sería ligero. Porque, pese a lo que Nane pudiera afirmar, Jacqueline sabía de buena fuente que a los norteamericanos les preocupaba la línea y las calorías. Prepararía, pues, lo que casi se podía llamar su especialidad: un pollo al limón con calabacines, acompañado de una salsa ligera y semillas de amapola a modo de toque final. Como entrante, al principio había pensado en pomelo con quinua (ciento ochenta calorías); pero, por miedo a que Nane criticara un plato con tofu y crema de soja, optó por una ensalada de tomates corazón de buey bio con aceite de oliva, sal gruesa y albahaca.

El postre era otro cantar: era su homenaje a Nane. Debía ser, por lo tanto, rico en chocolate y espectacular. En los innumerables libros de recetas que adornaban los estantes de la cocina de la villa Linda Flor, no había ninguna adecuada: todas eran desesperadamente anticuadas. Jacqueline quería para la ocasión algo que fuera contemporáneo y tuviera aspecto de dulce parisino. Sabía lo que quería, lo había visto un día en un restaurante en el plato de otra persona: una mousse de chocolate que se tenía en pie como si fuera un pastel.

Así pues, fue expresamente a Port-Joinville, a la Maison de la Presse. Hojeó las novedades en la sección de cocina y encontró un librito con bonitas fotos titulado *Postres todo chocolate*. En cada página, en cada magnífica foto de postre minimalista, acudía a la imaginación de Jacqueline un cumplido americano: *Yummy! Superb! Delicious!* Y por fin la palabra llegó con la receta: *Scrumptious*. Sí, *so absolutely scrumptious*, esa mousse de chocolate que flotaba sobre un plato llano, esa torre oval de contorno liso y perfecto, con la cuchara de plata que la había empezado para demostrar a los ojos incrédulos que efectivamente era una mousse. Ese postre de chocolate, que desafiaba las leyes de la gravedad para el placer de las papilas y sobre todo de los ojos, estaba rematado por un toque sorprendente: un pensamiento. Una flor comestible. Por supuesto, en Francia se degustaban las flores, *didn't you know? An acquired taste, for sure*. Sí, ese era el postre ante el cual hablarían de Paul Auster, de John Irving, de Cormac McCarthy, y se harían amigos. Así que, con la mente preocupada por pensamientos comestibles, se dirigió hacia el mercado para continuar con las compras.

El día D, Jacqueline estaba despierta a las cinco.

A las ocho, mientras trajinaba en la cocina, Arminda apareció en camisón corto para hacerse el café. La anciana le preguntó sin mirarla demasiado si podía coger la cámara de fotos de Nane, que estaba encima de la cómoda del salón. Medio dormida, Arminda masculló un sí. Jacqueline no se lo dijo, pero quería hacer fotos de la mesa para enviárselas a Perpétue, su amiga y corresponsal beninesa, a quien con todos los líos del estudio y los amigos americanos había descuidado por completo.

A las diez, todo estaba preparado y al mismo tiempo nada lo estaba. Había cosas que tenía que hacer justo antes de sentarse a la mesa, y eso suponía para Jacqueline un estrés tremendo que le aceleraba el corazón. Los ingredientes esperaban la hora de la comida en recipientes cuyo borde manchado ella había limpiado delicadamente. El vino había sido elegido, así como los quesos afinados, la mantequilla con flor de sal, las croquetas y el pan de nueces. Todo estaba allí, y todo estaba en orden, pero aun así Jacqueline no paraba de releer sus listas tachadas. La mousse de chocolate estaba preparada también, y con éxito; encorsetada en anillos de papel sulfurizado como una bailarina de la Ópera Garnier, debía esperar en el frigorífico dos horas o más. Las flores escogidas con gran cuidado en la floristería habían sido dispuestas en jarroncitos de cristal. En la terraza, la mesa estaba puesta, soberbia, elegante y campestre. Jacqueline desgranaba mil pasos nerviosos entre la terraza y la cocina. Un refinamiento tranquilo, sin esfuerzo.

Y, por fin, unas horas más tarde, Arminda dijo:

—Creo que ya están aquí.

22

—La mayoría de las estrellas mueren entre un murmullo. Nuestro Sol se desvanecerá en un soplo. Pero las supernovas partirán entre el ruido y la luz.

Apeliotes hablaba en contadas ocasiones, pero nunca se preocupaba de saber si alguien quería escucharlo. Yo no era la única en lamentar que hubiera escogido ese instante, entre tantos otros, para venir a hacernos sus confidencias. Él continuaba sin interrupción, y no hubo más remedio que seguirlo hasta detrás del murete para escucharlo.

Al explotar, una supernova origina átomos tan pesados que ni siquiera el Big Bang habría podido imaginarlos: oro, plata, platino, todo lo que brilla y todo lo que ha brillado. A veces, la supernova engendra otras estrellas. Porque, en el momento de su gloria, la supernova no es sino luz. De pronto, todo, ese gran todo infinito, es iluminado.

Y Apeliotes reía porque decía que los hombres, esos hombres que lo sabían todo, no comprendían el porqué de esa energía, ese caos, esa luz. (Yo me preguntaba qué importancia podían tener esas consideraciones filosóficas cuando, en la otra punta del jardín, tenía lugar un encuentro capital. Pero decidí calmar mi impaciencia y confiar en Apeliotes, que, en general, no hablaba para no decir nada.)

¿El porqué de toda esa luz? Había teorías, argumentos, debates, páginas en esas publicaciones científicas que cubrían el escritorio de Paul. Recientemente se había hablado mucho de neutrinos, unas partículas exóticas que quizá daban ese soplo sublime a la estrella que muere. Paul, en su desván, intentaba creer en la intervención divina, pero ¿estaba verdaderamente convencido de ella? Buscaba las respuestas.

Pero no aquella noche, pues volvía del hospital y no era momento de reírse de la ignorancia de los hombres y de la grandeza del cielo. Aquella noche, Paul tenía miedo de la muerte, de la suya y de la de los demás. Miedo de los adioses que hay que decir a los compañeros y miedo del vacío que estos dejan en su estela. Era muy bonito conocer las cifras del infinito y decirse que somos diminutos. Pero, si tan diminutos somos, ¿por qué ese dolor tan grande?

Apenas había empezado a preguntarme por qué había ido Paul al hospital cuando me percaté de que Apeliotes había desaparecido. Y en vez de apresurarme a ir a la terraza, me instalé sobre un cardo. Algo me instaba a detenerme, a mirar aquel nuevo día de julio que se dibujaba sobre la isla. Era una evidencia, algo que siempre había sabido, pero de repente todo mi ser, hasta la punta de mis alas ahora inmóviles, era profunda e infinitamente consciente de ello: muy pronto el verano habría terminado y me llevaría con él, como se llevaría también a Aglaya. Pronto, muy pronto, no sería sino un polvillo irisado a merced de los vientos.

23

Céfiro aprovechó la inmovilidad de mis alas para venir a susurrarme algo sobre Marcel. ¿Qué les pasaba ese día a los vientos para estar tan locuaces? Le rogué que se apresurara.

Marcel se las había ingeniado para conseguir una canoa en Retournac, que estaba a unos días de marcha.

Caminaba por las carreteritas departamentales bordeadas de dientes de león, por donde a veces pasaba un tractor o el coche amarillo del cartero. Caminaba por el sotobosque y sus zapatillas de montaña hacían crujir las ramas secas. Caminaba por el césped, por el borde de los acantilados, por la gravilla, por los guijarros junto al agua. Caminaba y finalmente se sentía más ligero, por varias razones. Primero, la fabulosa máquina para descender por el Loira inventada por los señores Le Gall y Charon había acabado su breve carrera en la papelera de la plaza de la iglesia de Arlempdes. Y segundo, sus músculos parecían haber cogido por fin el ritmo. Resultado: Marcel pensaba cada vez menos en sus dolores.

Por lo demás, poco a poco había hecho sitio en su cabeza. Porque había tantas cosas que ver por el camino que era preciso que todas aquellas nuevas experiencias se instalaran en algún sitio. Marcel habría podido escribir montones de tarjetas con cuanto veía. Nubes que dibujan su sombra sobre los prados, cerezos en flor que se esparcen en el viento y campanarios que ondulan en el Loira. Pero, en última instancia, lo que contaba en aquel camino era el hombre. Y el hombre cambiaba.

Cada paso alejaba la inesencialidad, el apresuramiento, la ansiedad, la insatisfacción. El tiempo parecía abandonar los días. No era que rejuveneciera él; lo que lo hacía era la idea de la edad. Porque, por fin, la edad ya no contaba. Los paisajes, la vida, todas esas cosas: ya no las veía desfilar, se encontraba dentro. Y a fe que estaba bastante bien.

Llegó finalmente a Retournac y tomó posesión de una canoa nueva a estrenar. Su último encuentro con tal ingenio se remontaba a treinta años atrás. Pero Marcel estaba metido en cuerpo y alma en la aventura; ya nada podía detenerlo, desde luego no quince kilos de madera noble... ni el mal tiempo que se había invitado para celebrar su primera mañana en canoa. Que por eso no quedara: hacia las siete puso un pie confiado en la nave, que flotaba sobre el Loira acolchado de bruma. Pero recordó demasiado tarde que la embarcación era inestable y no tardó en encontrarse manoteando en el agua fría.

Y luego sucedió otra cosa que turbó sus pensamientos: la niebla se había posado sobre el río.

Marcel consiguió subir de nuevo a la canoa y deslizarse entre la bruma, lo que provocó que una garza real huyera volando. Con la salvedad del fuego que se apoderaba de sus hombros y de la ropa que lo dejaba helado, el cuerpo del anciano se serenó. Sintió una satisfacción nueva, la de ir en el sentido de la corriente. Pero, en el interior del cuerpo, el hombre detectaba en los rincones sombríos de su pensamiento el retorno de esa angustia misteriosa. No era el Loira el que le decía que era ridículo e insignificante, no, era otra cosa. Intentó en vano hacer desaparecer el fantasma a paladas. Las últimas casas de Retournac desaparecieron y se encontró solo, como en el interior de ese río gris, separado de la actividad de la Tierra por las altas zarzas de la orilla.

Los ruidos que emanaban del río eran diferentes de los de la carretera..., ¿o acaso era Cecias, que se había puesto otra vez a jugar malas pasadas? Irritaba a los álamos que acompañaban cada golpe en el agua con un susurro de mal agüero. A medida que avanzaba con sus viejas manos agarradas a la pala, Marcel sentía cada vez más esa inquietud aguda. Hasta que, tras superar un obstáculo, se convenció de un hecho: alguien lo seguía. Miró a su alrededor, aguas arriba, aguas abajo, mal tiempo a su espalda, la oscuridad ante él: no había un alma en aquel río. Hicieron falta muchos kilómetros más y la llegada del crepúsculo para que viera la sombra de quien lo seguía: la gran garza real.

Marcel se detuvo en un banco de arena. Sacó apresuradamente su impedimenta y buscó unas ramas para encender una fogata, porque había empezado a tiritar. Se puso un polar húmedo. Finalmente las llamas crepitaron y se sentó. El calor de la hoguera hacía ondular la orilla opuesta y, en medio de las cenizas que se elevaban hacia el cielo, vio que el ave seguía mirándolo. Sus pupilas oscuras, perdidas en el trazo negro que se extendía sobre su cabeza blanca, parecían imponer silencio a toda la naturaleza circundante.

Marcel abrió una lata de atún en aceite y trató de entrar en calor comiendo. Luego se tumbó, temblando de cansancio. Pero era como si siguiera deslizándose por el río. Y, pese a que lo vencía el sueño, el ave seguía atrayendo su mirada. La gran alada no había huido, a pesar de que la noche se abatía sobre ella. El viejo intrépido había intentado durante treinta kilómetros dejar atrás el miedo. Pero este no se dejaba ganar y ahora estaba enroscado en los ojos de la garza. Y desde el trémulo capullo de su soledad, Marcel vio con horror salir de los ojos del animal al mismísimo Dios.

Porque era Dios quien lo había escrito todo. Había compuesto línea por línea, hasta la coma más insignificante, los años en Erquy, su carrera, sus penas, sus alegrías, sus análisis clínicos, su matrimonio con Jacqueline, esa comodidad de la que había disfrutado. Marcel había navegado por un río trazado que iba hacia el océano; pero un día había querido escribir sus propias líneas. La idea de esa hazaña absurda que había germinado bajo el mueble del salón, Marcel lo sabía ahora, se salía peligrosamente del guión. No estaba prevista en el programa de su vida. Esa sombra nauseabunda volvía para decirle que se había equivocado de camino, que no estaba a la altura de su sueño, pobre hombrecillo pretencioso... Esa sombra era Dios, y él iba a morir. Así que, temblando de frío, esperó. La muerte tardaba en llegar. Él seguía allí, a sus setenta y seis años, en aquellas aguas oscuras y heladas, aferrado a la mirada de un ave, preguntándose por su destino. Y preguntándose también, con las lágrimas a punto de saltársele de los ojos, si no estaba volviéndose loco. El Loira se había transformado en Cocito, río de las lamentaciones. Pero, cuando abrió los ojos de nuevo, sin recordar haberlos cerrado, el sol teñido de alba hacía brillar el río. Los pájaros cantaban desaforados y un hombre encaramado en un tractor le hacía señas con la mano desde el puente que iba a Margeaix. La garza se había ido.

La voz oscura que sonaba dentro de su cabeza no podía ser el dios que le ofrecía ese paisaje bañado de luz. ¿Quién era, entonces?

24

Céfiro me acompañó hasta la terraza. Los invitados habían llegado. Eugene, con su metro noventa y cinco, ligeramente barrigudo y el pelo blanco recogido en una coleta, llenaba la entrada con su potente voz. Cindy, impecablemente maquillada y peinada, con una manicura perfecta, y cuya elegancia acababa en unas zapatillas de deporte de un blanco deslumbrante, sacaba sus cigarrillos mentolados del bolso Louis Vuitton sonriendo a los presentes.

—Ah, *here is my cousine Jacqueline* —dijo Nane—. Jacqueline llegó a mi casa hace tres semanas, después de cincuenta años de ausencia, diciendo: «He dejado a mi marido y me gusta el color de tus contraventanas. ¿Es azul cerúleo o añil?».

—Nane, deja de decir tonterías —protestó Jacqueline, azorada—. *How do you do?*

—*Hello! So nice to meet you. I'm Cindy.*

—No es usted la primera que se refugia en casa de Nane —dijo Eugene en un francés aproximado.

—Es muy sencillo —encadenó Nane—. Todos los que no saben lo que buscan, vienen a mi casa a ver si lo encuentran. Algunos hasta han encontrado aquí la fe. Claro que han tenido que buscar en los rincones por los que yo no paso. En fin, la casa es grande. Esta es Arminda, que es casi como mi hija.

Esta última tendió la mano con una sonrisa tímida.

—Espero que tengan hambre —los interrumpió Jacqueline—, porque he preparado un refrigerio... *a little lunch. Over here, please.*

Condujo a los invitados a la terraza. Cindy y Eugene se maravillaron (*oooh, the lovely table*), tras lo cual dejaron desordenadamente sobre la mesa sus paquetes de tabaco, dos teléfonos móviles y un encendedor Harley-Davidson. Nane añadió un abrebotellas de la Coca-Cola y un cenicero de aluminio. Luego Cecias empezó a dar vueltas, así que Nane desplazó los vasos hacia las esquinas para sujetar el mantel. En unos segundos la mesa estaba revuelta y había adquirido un aspecto vulgar. Jacqueline notó que la angustia la invadía, pero fue corriendo a la cocina en busca de los platos.

Cuando regresó con los entrantes, empezó a hacer miles de preguntas a Cindy y a Eugene. ¿Dónde vivían? ¿Adónde iban cuando salían? ¿Qué música les gustaba? ¿Qué sucedía en Nueva York? Era un verdadero interrogatorio al que los invitados se prestaban, aunque Jacqueline los interrumpía a menudo para colar tal o cual información sobre Nueva York. Nane, que se había adaptado al mutismo de su prima, se alegraba de que por fin participara en la conversación, si bien el esfuerzo parecía fatigarla considerablemente. Jacqueline incluso se atrevía a hacer algunas gracias. Nane no pudo evitar señalar que su lenguaje era más colorido que de costumbre. Se preguntó también a quién iban destinadas esas agudezas, pues ni Eugene ni Cindy tenían un nivel de francés suficiente para entenderlas, y la velocidad a la que eran articuladas no ayudaba en absoluto.

Yo había llegado en el momento en que servía el pollo. Jacqueline se lanzó en cuerpo y alma a hacer un elogio de la cultura estadounidense. Se embalaba cada vez más. Su monólogo exaltado dejaba tan poco espacio a cualquiera que hubiera querido intervenir que los invitados empezaron a mirar hacia Nane, la cual intuía que algo no iba bien.

—...Toda mi vida he querido ir a Nueva York —continuaba Jacqueline—, pero mi marido..., ah, ya saben lo que son los maridos, siempre tan comodones... Pero mi gran sueño es ir a ver

Central Park y el Metropolitan Museum, ¡ah, sí, el Met! Oí decir que la nueva ala norteamericana había sido abierta después de dos años de obras de mejora. Me encanta el mobiliario estadounidense...

Proseguía su soliloquio y, entre frase y frase, reía un poco fuerte. Arminda había empezado a sonreír ante aquel espectáculo ridículo y Jacqueline se había dado cuenta. Aun así, continuaba:

—... Habría ido encantada yo sola, comprar el billete de avión no era un problema, pero es que en aquella época una mujer no dejaba solo a su marido. No era como las jóvenes de ahora, que son independientes, ¿verdad, Arminda? Porque su amigo el pescadero le deja hacer lo que quiera, ¿no?

Arminda se puso tensa, pero, antes de que pudiera responder, Jacqueline ya había pasado al precio de los alquileres en Manhattan, seguido de las excentricidades de Norman Mailer y del papel del editor en el estilo de Raymond Carver.

Después del queso, Nane parecía perdida en sus pensamientos, Arminda rumiaba y miraba hacia todos lados, y los invitados se limitaban a sonreír con educación. En cuanto a Jacqueline, estaba literalmente agotada. Se dio cuenta de que no había comido nada desde las cinco de la mañana. Se preguntó asimismo si el pollo se había cocido lo suficiente. Luego vio la mancha de vino en el mantel, el pan decepcionante, una servilleta arrugada en el suelo... y de pronto notó un enorme nudo en el estómago.

—Bueno, pues, si todo el mundo ha terminado —dijo con una alegría forzada—, voy a buscar el postre. Espero que les guste el chocolate...

—Me encanta el chocolate —afirmó Cindy, consiguiendo por fin meter baza.

—¡Ah, ese dichoso postre! —exclamó Nane—. No sé desde cuándo oímos hablar de él... Arminda, cielo, ¿no habrás visto mi cámara de fotos? No quiero que se me escape Jacqueline cuando salga de la cocina, porque me parece a mí que ocasiones como esta no habrá muchas.

Arminda le respondió que la había cogido su prima y que probablemente seguía en el bungalow, pero Jacqueline no se dio por aludida y se dirigió sin decir palabra a la cocina. Así que Nane decidió ir a buscarla ella misma.

Mientras tanto, Jacqueline sacó con cuidado del frigorífico los seis platos de porcelana con sus mousses encorsetadas. Yo la vi depositar sobre ellas las flores, que ahora parecían ridículamente frívolas. Luego, con delicadeza, desprendió el papel sulfurizado. A medida que retiraba el vendaje, sus ojos se agrandaban, y de pronto todo se paralizó. Las voces de la terraza quedaron tapadas por sus tímpanos, que golpeaban como tambores enloquecidos. Se cubrió la boca con una mano para detener un grito y se dejó caer sobre un taburete. En la porcelana yacía una mousse informe que, como el alquitrán de las mareas negras, desbordaba el borde florido del plato y sepultaba los delicados pétalos. La mousse había sido un fracaso.

Un fracaso.

Como sus sueños literarios. Como sus sueños de hijos. Como esas cenas en las que no había destacado. Como esas reuniones familiares donde uno callaba. Como su matrimonio. Como el momento en que había huido. Como aquel día de 1953 en que no había huido. Como tantos días y como la suma total de aquellos días. Como esas palabras que no había sabido decirle a Marcel. Como esa vida de mujer en el hogar. Como ese hogar abandonado. Como esa idea de recuperar un poco de su juventud a los setenta y tres años. Como el amor de su madre. Como estar en aquella isla que no era la suya. Como ser mujer. Como pretender ser otra. Como su vida y como ese rostro que había tardado en maquillar aquella mañana, devastado por las lágrimas desbordantes.

De pronto, la cocina fue asaltada por los paños sucios que colgaban de los horribles ganchos, el olor de cebolla arrastrándose como un vagabundo holgazán y el pringue grasiento adherido a los zócalos. Ayudados por la angustia que chorreaba por todas partes, de pronto levantaron el telón sobre lo indignamente absurdo de aquella nueva vida apenas nacida: la anciana, en el centro de la habitación, descubría que no podía retroceder en el tiempo.

Jamás sería Nane, pese a esos recuerdos que en unas semanas se había aprendido de memoria. Por más que se sentara en sus sillones, leyera sus libros y jurara por sus dioses —eso era lo que había hecho, ¿no?, y ¿podía poner la excusa de que no se había dado cuenta?—, estaba condenada a seguir siendo la misma que antes. Ese antes que empezó el 23 de septiembre de 1953, el día del que nunca había podido hablar.

No había dicho en voz alta esas palabras, no. Pero sus labios las habían pronunciado, perdidas entre los sollozos, y debían de expresar cosas muy tristes. Muy tristes, se dijo Mathis un poco asustado, escondido detrás de la puerta.

Entretanto, Nane buscaba la cámara de fotos en el bungalow de Jacqueline. La encontró. Pero encontró también la pastora de alabastro, cuyos fragmentos dispersos en el fondo del cajón habían adquirido un tono rosado.

25

Apeliotes acariciaba las moreras junto a la entrada. Quise desentenderme de él, pero me llamaba, pues se iba y volvía de pronto, levantando a veces el polvo del camino. Lo seguí y me llevó hasta el claro del pinar, cerca de la playa de los Ovarios. Estaba a punto de dar media vuelta cuando por fin empezó a balbucir. Era sobre Paul.

El anciano había vuelto una noche a su casa. Como todas las noches, había encendido sus ordenadores y sus telescopios. Había mirado una hoja impresa de la galaxia que vigilaba y, al igual que miles de noches antes que aquella, no había visto nada. Nada más que miles de puntos en un infinito lejano. Las estrellas estaban como debían estar. Y ese cielo habría sido normal y corriente si no hubiera estado tan silencioso. Desde hacía unos días, los pequeños ruidos de la casa habían dejado de oírse. Entonces Paul se quitó las gafas, se frotó los ojos. Y lloró.

El viejo profesor de matemáticas dejó rodar gruesas lágrimas de niño que fueron a sumarse a los otros puntos celestes e hicieron que la tinta se corriera sobre el cielo de julio.

Me habría gustado saber por qué sufría Paul en su desván, pero era consciente de que jamás hay que hacerle preguntas a Apeliotes. Lo seguí, pues, hasta la copa de los pinos y me instalé en equilibrio sobre las agujas calientes. Apeliotes se había percatado de mi impaciencia, pero continuaba con su parloteo incomprensible:

—Si una estrella es entre treinta y cuarenta veces más maciza que el Sol, su caída gravitacional puede ser tan violenta que la estrella no se convertirá nunca en una supernova. En lugar de eso, el núcleo continúa cayendo eternamente y forma una cosa cuya densidad es casi infinita y cuyo tamaño es infinitesimal, con un campo gravitatorio tal que la propia luz puede no escapar de él. En lugar de eso, se convierte en un agujero negro.

Pero ¿por qué lloraba Paul? Apeliotes sopló más fuerte todavía, tan fuerte que hacía crujir las piñas y balancearse las copas de los árboles. Se agarró de mis alas y me hizo girar en el abismo para finalmente posarme en la arena. Pensaba que nuestra entrevista había terminado cuando oí:

—En China, a las supernovas las llaman «estrellas invitadas». Los antiguos decían que cada elemento importante de la vida de un hombre invitaba a una estrella en el cielo.

Aquella noche era importante. Y, sin embargo, el cielo no había invitado a nadie. Dejando abierto este enigma, Apeliotes se marchó.

Emprendí el regreso a la villa. ¿Qué había ocurrido? Mi primer reflejo fue pensar en Marcel. ¿Le había pasado algo? Urgía ir a ver a Jacqueline.

26

—Mamá, mamá, mamá... —dijo Mathis, tirando de la manga de su madre—. Mamá, Jacqueline está llorando en la cocina.

Arminda olvidó su enfado y fue corriendo: vio a la anciana con los ojos enrojecidos y el semblante demudado, frágil en medio de la habitación.

—¿Qué pasa, Jacqueline?

—Tiene que enviar inmediatamente a Mathis a la pastelería —masculló la prima de Nane, que se había levantado de un salto del taburete—. En bicicleta llegará en un minuto. Vamos, Mathis, trae..., trae cinco óperas o selvas negras, o lo que tengan con chocolate.

Y, con mano trémula, rebuscaba en su monedero.

—¡Oooh, ha hecho mousse de chocolate! Debería ponerla en unos moldes, sería más fácil...

—¡No! —replicó Jacqueline—. Hay que servirla en plato, pero ha salido mal. Bueno, Mathis, date prisa...

—Oiga, Jacq... —empezó a decir Arminda, pero fue interrumpida por Nane, que entraba en ese momento con la cámara de fotos en la mano.

—¿Qué pasa aquí?

—A Jacqueline le ha salido mal el postre —explicó Arminda—. Bueno, en mi opinión tiene muy buen aspecto.

Nane miró a su prima, que volvió la cara para secársela con el delantal. Después posó los ojos sobre el postre culpable. Flotaba en la cocina como una urgencia palpable, un peligro de que todo se disparara. Sin más ceremonias, Nane hundió su viejo dedo artrítico en el chocolate.

—Pero ¡si esta mousse está deliciosa!

—¡No! ¡No está deliciosa! —gritó Jacqueline, asaltada de nuevo por las lágrimas—. ¡No es ni mucho menos así como debería estar! ¡No... no... no escuchas!

—¡Mamá! —dijo Mathis—. ¡Mira, hay una flor dentro! ¡Como en las boñigas de vaca!

Automáticamente, Mathis se pellizcó los labios y se acercó a su madre. A sus seis años sabía muy bien que no debería haber dicho esa tontería.

Nane y Arminda se encogieron, consiguieron contener la risa y volvieron la mirada ansiosa hacia Jacqueline, que seguía igual de pálida e inmóvil. En ese momento se oyó la potente voz de Eugene decir:

—¿Qué es boñiga de vaca?

—Una especialidad local —contestó Arminda.

Nane rompió entonces a reír con una risa sonora, generosa y contagiosa, y lentamente, muy lentamente, el rostro de Jacqueline, a quien todo el mundo observaba, se transformó. Durante un instante nadie supo cómo iba a acabar. Sus ojos se cerraron. Luego sus hombros se elevaron y, en medio de aquella cocina, surgió una risita tímida, llegada de lejos. Arminda y Eugene sonreían sin atreverse a hacer ruido, pero Nane y Jacqueline se miraron y estallaron en carcajadas, cada una a su manera, como dos adolescentes, y al final Nane cogió a su vieja prima por los hombros y la condujo fuera de la casa.

Al terminar aquella comida fallida, alrededor de una mesa atestada, no habían dicho *scrumptious*, no habían hablado de Paul Auster, pero no tenía importancia, porque eran casi amigos. Incluso Arminda había conseguido a la hora del postre que se le pasara el enfado, y la mousse de chocolate «boñiga de vaca» accedía al panteón de las recetas de la villa Linda Flor. Jacqueline era invitada a Nueva York y, pese a su palidez y su silencio, sonreía de nuevo.

En el bolsillo de su cárdigan de lana, Nane acariciaba los bordes cortantes de su pastorcilla, guardiana de los secretos del estudio. Observaba a Jacqueline. Su llegada a la isla, los silencios, las ausencias, la farsa de la comida y las lágrimas en la cocina: ahora comprendía lo que su prima había ido a buscar allí. Mucho mejor que la propia Jacqueline, que estaba convencida de que había llegado allí por casualidad. Pero nunca se va a parar a una isla por casualidad. Sobre todo a una isla que encierra viejos secretos.

En lo que respectaba a Mathis, ya había perdido el interés por las personas mayores. Miraba los insectos. El cielo cambiante parecía estar lleno de ellos, como atravesado por mil rayas. Presintió que algo no iba bien. Tenía razón. Escirón había irrumpido en la isla. Reía, y su risa malévola alteraba nuestro vuelo. Finalmente se dignó calmarse para contar su historia. Todos nos quedamos aterrados. Marcel se ahogaba.

27

La puesta de sol. Un espectáculo que, desde el inicio de su aventura por el Loira unas semanas antes, Marcel nunca dejaba de saborear. En el río había adquirido costumbres nuevas: levantarse temprano, una comida frugal a mediodía, la siesta por la tarde y el descenso para terminar la jornada, hasta que el cielo se teñía de rojo. Ya no tenía miedo de dejarse sorprender por la noche; ahora sabía leer el cielo y montar un campamento en un tiempo récord. Y aquella noche, mientras paleaba hacia Tours, se perdió en ensoñaciones ante ese cielo de color fuego. Tanto se perdió que no prestó atención a los oscuros remolinos que lo esperaban entre los arcos del puente Wilson.

Marcel conocía los vientres de los puentes y las corrientes caprichosas que se ocultaban en ellos. También había desarrollado un instinto convirtiendo la canoa casi en una extensión de sí mismo, de modo que el anciano ya no era un principiante. Pero, además de eso, había que tener en cuenta a Cecias. Mientras se adentraba en el salto de agua burbujeante, una violenta ventolera le cortó la respiración. El agua lo inundó todo y él fue brutalmente arrojado al Loira. El río no tenía ya ni cabeza ni cola, él estaba dentro y por más que abría la boca nada salía de ella, solo entraba agua. La canoa zarandeada por las olas hurañas le golpeó la cabeza y entonces fue todo el universo lo que perdió pie.

Su mano agarró el aire y él intentó seguirla; finalmente, primero su boca y luego sus ojos se encontraron en la superficie, llenos los oídos del eco de aquel puente dañino. Se volvió para buscar la barca o algo que le permitiera izarse hacia tierra firme, pero, cegado por el sol anaranjado, no vio nada. Y en una décima de segundo tuvo la impresión de que el río también estaba ardiendo, de que la luz que atravesaba los remolinos y el dolor de su cuerpo entero se encontraban en una hoguera infernal. Pero, cuando se debatía para mantenerse fuera del agua, fue arrastrado hacia el fondo por una fuerza gigantesca que le agarraba una pierna y le mordía la carne. Mientras su pecho se llenaba de Loira y él descendía más aún, creyó reconocer por encima de él, en el agua que danzaba a través de la luz roja, el rostro deforme de sus enemigos, que querían comprobar que estaba bien muerto.

Había reconocido a esas sombras rojas y deformadas con su sonrisa católica: eran los testigos de su boda, los padres de Jacqueline Darginay de Boislahire.

28

Al día siguiente, una nube gris oscuro había cubierto la isla. Todos esperaban la tormenta. Los vientos excitados se lo pasaban en grande y el budelia, que se bamboleaba incluso los días de buen tiempo, se debatía con furia. Yo tenía miedo por los huevos de Aglaya, que ella había escondido entre unas matas de ortigas, junto a la furgoneta. Pero lo único que podía hacer era agarrarme a los racimos violeta y mirar sin rechistar los dramas que se desarrollaban en la villa.

Arminda estaba encerrada en el despacho, nerviosa. El correo electrónico que esperaba no había llegado, y no era por culpa del ordenador, aunque se ensañara con él. Lo mismo sucedía con su teléfono móvil: desde hacía un tiempo consultaba los mensajes cien veces al día.

Dio un respingo cuando en el pasillo retumbó una voz atronadora.

—¡Señora Verbowitz! ¡Hola! ¿Señora Verbowitz? ¡Soy Bernadette Tricot! ¡Hola!

Arminda alzó los ojos hacia el cielo y esperó que Nane fuera a abrir a su vecina... en vano. Al final se levantó con gesto impaciente de la silla con ruedas, salió del despacho y fue a recibir a la señora Tricot, maquillada y rozagante con un jersey verde manzana.

—¡Ah, señora Arminda! A usted también quería verla.

—Hola, señora Tricot. ¿Todo bien?

—Bien, bien, pero no puedo quedarme mucho tiempo. Oiga

—dijo, enseñándole a Arminda un artículo de *La Nouvelle République* arrugado y manchado—, ¿no será este, por casualidad, el marido de la prima de la señora Verbowitz? Se llama Marcel Le Gall, ¿verdad?

Arminda miró la foto. Vio a un septuagenario que posaba, un tanto envarado, con una gran mochila y una especie de cámara de aire sobre el tórax, junto a un cartel donde ponía: MONTE GERBIER DE JONC.

—¡Nane! ¡Nane! —llamó.

—De Erquy, ¿eh? —dijo la señora Tricot—. Ex militar, ¿era eso lo que hacía?

—¡Nane! ¡Nane!

—Ah, cuando lo he visto —prosiguió la señora Tricot—, me he dicho: este es el marido de la prima de la señora Verbowitz. Ha sido el señor Bernardeau quien me ha dicho que su prima se llamaba Le Gall. Y cuando he visto escrito Erquy, me he dicho: «Anda, mira», y le he dicho a mi marido: «¿No será este el marido de la prima de la señora Verbowitz?» Y él me ha dicho: T»ienes razón, lo más probable es que sea él». No es que en Bretaña los Le Gall escaseen, pero en Erquy, y militar además, ah, mi marido ha dicho: «Tan seguro como que dos y dos son cuatro». Así que no lo he pensado dos veces, he venido tal como estaba. Madre mía, tendrán que perdonarme, voy hecha un desastre.

—Oiga, pero este periódico no es reciente, déjeme ver..., ¿de qué día es? ¡Es de hace tres semanas!

—¡Ah, sí, ha sido toda una odisea! Ahora le cuento... Figúrese, resulta que mi hermano de Tours vino la semana pasada y me trajo unas lechugas que había puesto en una caja, y en el fondo de la caja había colocado papel de periódico. Pues esta mañana, voy y cojo la última lechuga de la caja, y debajo de la lechuga, ¿qué veo?, ni más ni menos que a Marcel Le Gall de Erquy. ¿Se da cuenta? La verdad es que hay veces... Si no llega a ser por esto, no nos habríamos enterado, porque ¿ustedes sabían lo que estaba haciendo?

—No.

—Bueno, pues ya lo saben. Oiga, ¿es verdad que se han separado después de cincuenta años de matrimonio? En fin, no sé yo, después de tanto tiempo, una se pregunta si realmente merece la pena, ¿no? Cincuenta años... A esas alturas el mal ya está hecho. Pero ¿dónde va a instalarse? ¿Va a instalarse en su casa, quiero decir en el bungalow, por mucho tiempo?

—Uf, eso aún no lo sabemos muy bien. Bueno, señora Tricot, muchas gracias —concluyó Arminda, empujándola suavemente hacia la puerta.

—En fin, no es que yo vaya a tirar piedras a su prima, todas hemos pensado alguna vez hacer las maletas, ya lo creo. Pero ¿qué quiere...?

—Claro, claro... Bueno..., pues que pase una buena tar...

—¡Ah, oiga! —la interrumpió la señora Tricot—. Ahora que lo pienso..., ¿a su prima no le interesará una casa para todo el año? Se lo digo porque Perchet hijo no quiere complicaciones con alquileres de temporada, y tiene libre esa casa...

—¿Ah, sí? —dijo Arminda, súbitamente atenta.

—¡Sí, sí, ha sido la señora Pougnet quien me lo ha dicho! Menudo lío lo de esa casa, porque la señora Perchet falleció, y ahora resulta que la hija quiere vender y el hijo no, así que andan peleándose. En fin, en cualquier caso, la han puesto en alquiler para todo el año. La agencia de la isla es quien se encarga de eso. Es una casa muy bonita, en un callejón junto a la iglesia..., ¿sabe cuál le digo? Está camino de Saint-Sauveur.

—Sí, eso puede interesarnos, gracias por la información. ¿Puedo quedarme el periódico para enseñárselo a Nane? ¿Usted ya no lo necesita?

—¡No, no, qué va! Bueno, no la entretengo más, me voy a hacer la comida. Hoy a mediodía tengo gente otra vez, y mañana también, esto no se acaba nunca. ¿Vendrán a tomar el aperitivo uno de estos días?

—Con mucho gusto, señora Tricot, voy a decírselo a Nane.

—Sí, no vamos a movernos de aquí. Bien, hasta luego —se despidió la señora Tricot alejándose.

—Sí, adiós y gracias.

Nada más cerrar la puerta, Arminda corrió a la cocina, donde encontró a Nane inclinada sobre la mesa preparando una tarta.

—¿Se ha ido?

Cuando Arminda asintió, se estiró hasta ponerse erguida.

—Me ha pillado con las manos en la masa, y si salía, teníamos para una hora. ¿Qué ha hecho Le Gall para merecer que lo saquen en el periódico? Déjeme ver.

Arminda le tendió el papel arrugado. Nane se puso las gafas, que llevaba colgadas del cuello, y empezó a leer el artículo sobre Marcel. Decía que iba a recorrer el Loira aguas abajo con *hidrospeed* y que, cuando llegara a orillas del Atlántico, pensaba ir a la isla de Yeu a nado. Se le escapó la risa:

—¡Vaya por Dios!

Pero sus ojos se dejaron atrapar por unas palabras al otro lado de la página, al lado del artículo sobre Marcel. Y de pronto su rostro pareció dividirse de nuevo y paralizarse más. Cogió el artículo, olvidando que tenía los dedos llenos de masa, lo dobló a toda prisa y se lo guardó en el bolsillo. Por toda explicación, le ordenó a Arminda que no le dijera ni una palabra a Jacqueline.

Arminda empezó a poner objeciones, pero la anciana le lanzó una mirada que no invitaba al debate antes de salir de la cocina a toda prisa y dejar a la joven preguntándose qué mosca le había picado para que ni siquiera terminase de hacer el pastel.

29

Habíamos sorprendido a Arminda hablando por teléfono con Bruno. Escondida detrás de la furgoneta Citroën, le decía, en esencia, que no debían seguir viéndose porque ella no podía permitirse el lujo de perder su trabajo. Nosotras advertíamos, por descontado, que todo lo que decía estaba en contradicción radical con su voluntad profunda, pero su voz autoritaria y su mirada dura casi nos habrían hecho dudar de nuestras antenas. Presentíamos, pues, que Bruno no tenía ninguna esperanza: dejarían de verse y era algo definitivo. Arminda colgó, se quedó unos minutos en medio de las largas hierbas secas y se sentó en el reborde de la furgoneta. Encendió un cigarrillo. Era la primera vez que la veíamos fumar. Era también la primera vez que la veíamos no hacer nada.

Jacqueline, por su parte, estaba refugiada en su bungalow con sus remordimientos. Por más que los días pasaban, no se le iba de la cabeza el comentario que había hecho sobre Bruno durante aquella comida funesta, sin ninguna premeditación. No había podido evitar hablar, sabiendo por anticipado que corría hacia el desastre, pero aun así lanzándose de cabeza a él. Aquella revelación había formado parte de esas pulsiones destructoras que en esos momentos, pensando en ellas, le repugnaban. Y, mientras que Arminda se había vuelto temporalmente melancólica e inactiva, Jacqueline la soñadora se veía impelida desde muy temprano por deseos imperiosos de actividad: en este caso, los de hacer las maletas y marcharse de la villa Linda Flor de una vez.

¡Qué locura había sido aquella escapada! Solo había servido para poner en peligro todo lo que había construido. ¡Porque, sumergida en la embriaguez de aquel viaje amargo, tan lastrado por sus actos fallidos, había olvidado por completo que había construido una existencia! Cincuenta años edificando su matrimonio, su reputación, sus costumbres y su dignidad. Ahora, al abrir la maleta, lo echaba todo de menos: su rutina con pátina, los mil recovecos familiares de su casa, los caminos perfectamente trazados... y Marcel, ese viejo amigo de siempre. Era urgente volver, antes de que dejara en su estela algo más que una mariposa muerta en un campo de ruinas.

Estaba trasladando el contenido de los cajones a la maleta abierta sobre la cama cuando Nane entró sin llamar. Jacqueline habría querido indignarse por aquella irrupción, pero no encontró valor para hacerlo. Su prima se dejó caer sobre la silla que estaba al lado del tocador.

—Vaya, ¿has encontrado otra isla que visitar? Pues no creo que estés harta de esta porque apenas la has visto.

Jacqueline no dijo nada.

—Si lo que te mortifica es el asunto de Arminda y su pescadero —prosiguió Nane—, deja de preocuparte. Estoy al corriente desde hace un siglo. Pero, qué quieres, ella prefiere no decírmelo y yo no quiero contrariar a nadie.

Jacqueline continuaba haciendo el equipaje y no se le ocurría nada que decir. Nane suspiró.

—Sigues sin querer hablar, ¿eh? Bueno. Yo también he decidido optar por el minimalismo, así que voy a ir directa al grano. Verás, ser feliz es como todo lo demás: se aprende.

Jacqueline levantó los ojos hacia Nane.

—Eso lo decía un filósofo —continuó su prima—. Yo no soy filósofa, pero sé un rato largo de ese tema. Y, ¿sabes?, cambiar de vida no era una idea tan mala. Además, llegaste al lugar adecuado. El problema es que no has ido a una buena escuela y haces las cosas con los pies. Cero en todo y al rincón con las orejas de burro. Pero, si escucharas a tu querida Nane, no habríamos llegado a esta situación.

Jacqueline había bajado más los ojos, pero se había quedado quieta. Un largo silencio tensó la atmósfera del bungalow. Nane se levantó de la silla con dificultad y suspiró.

—En fin, eres bastante mayor para saber adónde vas. Pero es una lástima que te marches. Como te digo, habías llegado al lugar adecuado.

Tras estas palabras, dejó delicadamente los restos de la pastora verdosa encima del tocador y salió arrastrando sus viejas chanclas gastadas.

Unas horas más tarde, las maletas a medio hacer seguían sobre la cama. Sentada en la silla de escritorio, con los trozos de alabastro en el hueco de las manos, Jacqueline miraba *La Virgen de la Ternura*. Pero no la veía. Con los ojos puestos en lo invisible, la anciana contemplaba algo que brillaba con una luz tímida, lejos, más lejos aún que el campo de ruinas. Eran sus diecisiete años, que se agarraban a su horizonte.

Jacqueline se levantó, atravesó la terraza y fue a marcar el número de Erquy en el despacho sombrío. Oyó el bip del contestador automático, seguido de su propia voz. Anunció que se quedaba en la villa.

Unos minutos más tarde, Jacqueline montó en el viejo R5 abollado de Nane.

Desde la cocina, Arminda vio alejarse a las dos ancianas entre una nube de polvo en dirección al mar.

30

Habíamos recibido noticias de Benín, pero no sabíamos qué pensar, pues la información era muy incompleta. Nos la había comunicado una podalirio de paso *(Iphiclides podalirius)*, la cual, contrariamente a lo que sus alas blancas con rayas negras podrían sugerir, no es originaria de África. Había oído durante sus viajes retazos de historias en las que se mencionaba a Jacqueline de Boislahire y nos las relataba con un celo y un entusiasmo que no dejaban de conmovernos. Las podalirios eran cada vez más raras en nuestros días. Resultará, pues, comprensible nuestra premura en felicitarla por esas palabras, que en otras circunstancias probablemente habríamos considerado inadmisibles.

Según ella, Virginie había visitado a Perpétue Glele unos días antes. El curso había terminado y la chica había encontrado a la directora preparando unas crepes con sardinas en su encantadora casa. Virginie se había presentado con un pequeño paquete (ninguna información acerca de su contenido). Sabemos que Perpétue le había ofrecido café y galletas y que, una vez que las dos mujeres estuvieron sentadas, el gran sofá de satén azul y dorado había empezado a chirriar. Estaba cubierto con una funda de plástico transparente que tanto el voluminoso trasero de Perpétue como el nerviosismo de Virginie hacían rechinar al menor movimiento. Nos enteramos también de que el viento soplaba del sudoeste, de que los vecinos preparaban un *mechui* y de que

Virginie se había marchado sin su paquete. De la conversación entre las dos mujeres no supimos casi nada. La podalirio, que quizá había percibido nuestra decepción, hacía esfuerzos terribles para recordar el menor detalle. La solemnidad con que Perpétue había escuchado a Virginie. Los olores de arcilla que despedían los dedos de la chica. El silencio de toda la casa (sofá incluido) cuando Virginie había dejado de hablar, mientras que Perpétue parecía reflexionar. Y, cuando las dos mujeres se habían despedido, la sonrisa de Virginie, que tenía el color del optimismo.

Le dimos las gracias por su intervención y la tranquilizamos sobre su utilidad. Y cuando se hubo ido, con ese vuelo planeado que siempre nos impresionaba mucho, dejé a mis compañeras prodigándose en libaciones y conjeturas para ir en busca de mis heroínas.

31

No volví a verlas aquel día, porque, además de que el artefacto infernal de Nane iba demasiado deprisa para mí, me encontré a Apeliotes por el camino. Me dijo que había vuelto al observatorio de Paul unos días antes, pero solo había encontrado un desván vacío. Ni rastro de ordenadores y telescopios, de manuales e instrumentos, de hojas impresas y revistas. Ni rastro de preguntas sobre la luz infinita, ni rastro de estrellas. Por no hablar de la supernova. Lo único que Apeliotes había encontrado en la habitación vacía eran dos bolsas de basura llenas de papeles, la silla de despacho y polvo.

Cuando me atreví a preguntar adónde había ido Paul, Apeliotes se esfumó. Entonces ya era bastante mayor, debería haberlo sabido: nunca hay que preguntar nada a los vientos.

32

Desde la visita de los amigos americanos, en la villa no habían recibido invitados.

Aquel día, Arminda había tenido desde por la mañana un aire ausente, bañado por una vaga sonrisa cuando pensaba que nadie podía verla, y había anunciado que se acostaría pronto, lo que reafirmó a Mathis en su convicción de que a su mamá se le había ido la olla por completo. Había hecho un día bonito y la noche prometía serlo también. Desde la terraza no podía verse la puesta de sol, pero, aun siendo invisible, el astro teñía todo el jardín de tonos dorados que no tardarían en tender hacia el azul. Nane había preguntado a Jacqueline si le apetecía quedarse un poco después de cenar para hacerle compañía. Esta había aceptado. Así que allí estaban las dos, arrellanadas sobre los cojines de los sillones, mirando el jardín crepuscular. Jacqueline se había permitido tomar una infusión para apreciar mejor el instante. Pero, sobre todo, lo compartía con Nane.

—Oye, sobre Arminda —empezó Jacqueline—, puedes decirle...

—Si tienes que hacerle llegar un mensaje a Arminda, hazlo tú misma. Y en mi opinión, sí tienes algunas cosas que decirles, a ella y a su pescadero.

—¿Lo sabes desde hace mucho?

—Desde el principio. Pero no es asunto mío. Lo único que quiero es que Arminda se quede en la villa. Lo demás me trae al fresco.

—Pero, si ha encontrado un novio —dijo Jacqueline—, no podrá quedarse en la villa *ad vitam aeternam*...

—Eso es justo lo que yo digo: o la villa o el hombre. Y no seré yo quien elija por ella. Pero te confieso que yo en su lugar no elegiría al hombre. A este, no.

—Pues a mí, Bruno me parece una persona agradable —objetó Jacqueline.

—Me vende pescado fresco. Eso es todo lo que se le pide y me gustaría que la cosa quedara así.

Un mosquito fue a revolotear junto a los escasos cabellos blancorrubios de Nane, que se los alborotó para ahuyentarlo. Jacqueline le pasó una mano con delicadeza para peinarla un poco.

—Sí, ya sé, tendría que ir a la peluquería —refunfuñó Nane—. ¡Mira qué pinta! ¡Parezco una vieja loca con estas greñas!

Jacqueline sonrió. Se oyó el canto de un cuclillo y luego el silencio.

—Me habría gustado ir a tu boda, ¿sabes?, pero mamá me lo había prohibido.

—No te preocupes, ya lo sabía.

—Fue bonita, tu boda. Fue alegre, un poco como las bodas de ahora. Parecíais felices.

Por miedo quizá a romper el hilo frágil de las confidencias, Nane no dijo nada. Jacqueline miró a su prima, cuyo perfil esbozaba una dulce sonrisa. Pero nosotras podíamos ver el otro lado de su rostro: su semblante parecía sombrío..., ¿o era un efecto de las sombras de la noche?

—Mamá nunca aceptó que te marcharas —continuó Jacqueline—. Eras como su hija... Y luego no quiso que invitáramos a nadie a mi boda. Pese a todo, Marcel estaba muy elegante, y yo llevaba el vestido de mamá, con encajes finísimos...

Se le hizo un nudo en la garganta y no pudo seguir. Nane la miró de soslayo y le puso una mano sobre el brazo.

—Ven al estudio, voy a enseñarte una cosa.

El corazón de Jacqueline empezó a latir y la noche a caer.

Nane debía de haber preparado aquella visita nocturna hacía algún tiempo, porque sacó la llave del armario del bolsillo de su cárdigan. Abriéndose paso por el estudio abarrotado, masculló que tenía que arreglarlo sin falta porque allí no había quien encontrara nada. Pero el camino hacia el armario lo conocía. Antes de que Nane abriera las puertas, Jacqueline la asió del brazo.

—Nane..., no sé qué tenía en la cabeza para que se me ocurriera venir a husmear aquí —dijo—. No tenía ningún derecho y te pido perdón.

Las dos mujeres se miraron a la luz sucia de la lámpara de techo.

—Ya te lo he dicho —contestó Nane—: no hay que dejar que las sábanas viejas se pudran en los armarios.

¡Jacqueline se sentía tan culpable de haber intentado forzar aquella cerradura! Daba igual que hubiera ropa vieja o tesoros: Arminda tenía razón, no tenemos derecho a inmiscuirnos en la vida de los demás. Jacqueline estaba a punto de detener a su prima y decirle que se fueran de allí cuando la puerta se abrió. Se quedó sin respiración. Por un instante se horrorizó: veía una cabeza humana en la sombra de los estantes.

Se rehízo rápidamente al darse cuenta de que la cabeza que contemplaba era de barro: una escultura. Pese a todo, no podía apartar la mirada de sus ojos cerrados. La obra representaba una cabeza de hombre durmiendo, hecha a partir de varios materiales. El detalle de las facciones era asombroso, y del rostro emanaba una serenidad absoluta mezclada con una melancolía profunda.

—La hice unos días después del entierro de Aleksander. De memoria.

Nane miró a su prima y le sonrió. Luego le quitó el polvo a la escultura y pareció hablar consigo misma:

—Es increíble lo bien que ha aguantado. Tiene treinta años y la arcilla no se ha cuarteado. Puse clavos, papel de periódico..., y ahí siguen... Rodin hizo una cabeza de chica como esta; era un estudio. No está en ningún museo, la descubrí olvidada en el taller de su casa de Meudon. Un amigo era el encargado de su custodia y me dejó entrar... El producto acabado era de mármol.

Pero yo siempre preferí ese estudio que nadie podía ver y envejecía... Hacer con materiales tan pobres un rostro tan noble... Y Nane, cuyo rostro estaba claramente dividido, acariciaba la escultura, apretaba una sien. Aleksander. Jacqueline notaba que se le saltaban las lágrimas y se le hacía un nudo en la garganta porque por fin había comprendido. Se conocía al dedillo todas las fotos de Nane, todas las épocas de su vida revueltas en las cajas de zapatos, y ahora todo resultaba claro: la mitad del rostro de Nane se había paralizado en la muerte de Aleksander. Repasaba las fotos de antes, las de después, y, casi imperceptiblemente, las sonrisas sosegadas de las fotos habían cambiado.

La máscara de aquella prima excéntrica, con aspecto de vieja, cayó: escondía su corazón desdichado en un armario vigilado por una pastora de alabastro. Y, como había querido ocultar esa soledad espantosa, a fuerza de cenas e invitados, de guasa atrevida y sabiduría descarada, una parte de su sonrisa se había transformado en escultura para reunirse con Aleksander en el armario cerrado, mientras que la otra daba el pego. La solicitud de Jacqueline estaba teñida de vergüenza, y la anciana habría querido abrazar a Nane como cuando eran pequeñas, estrecharla entre sus brazos para decirle que al día siguiente todo iría mejor. Pero eran demasiado viejas. El día siguiente no borraría los dolores. Lo que habían perdido seguiría perdido.

Vio las manos de Nane dejar la cabeza dormida para explorar el resto de los estantes. Había más cajas sin etiquetas, y los dedos de Nane las recorrieron para acabar deteniéndose en una maletita de cartón. La pequeña cerradura estaba totalmente oxidada, pero no había sido cerrada. Nane se la tendió a Jacqueline.

—Quizá encuentres tu felicidad aquí dentro —comentó.

Jacqueline cogió la maleta y la puso encima de la mesa, a su lado. Se oyó un ruido en el altillo. Después, un aleteo. A lo lejos, el grito de un búho. Notaba que las palabras se agolpaban en su garganta, pero no encontraba valor para pronunciarlas.

—Si quieres —dijo en un arranque—, puedo quedarme aquí, en la villa, contigo. No voy a volver a Erquy.

Jacqueline se quedó sorprendida de oír esas palabras en su boca, y más sorprendida aún de percatarse de que quería decirlas desde el primer día.

—Eres muy amable, pero, verás, a nuestra edad haríamos mejor no dejando que los demás decidieran por nosotros.

—Nadie decide por mí.

—Sí, yo. Aleksander dentro de su armario. Y todo esto, todo este pasado revuelto. Por eso quieres quedarte. No te preocupes, tengo a Arminda.

—Arminda no se va a quedar eternamente.

—Tú tampoco. Y yo tampoco —repuso Nane.

—¿Sabes?, quizá mamá no comprendió que Aleksander era el hombre que necesitabas, que estaba hecho para ti. Y, bueno..., a lo mejor pasa lo mismo en el caso de Bruno y Arminda...

—No te preocupes. Mucho tiene que llover antes de que lo de Bruno y Arminda se parezca. Tiene tiempo.

—No —dijo Jacqueline, con una firmeza que sorprendió a su prima—. No hay tiempo. Lo sabes perfectamente, Nane, que no hay tiempo.

El temblor de la voz prometía lágrimas, pero las mejillas encendidas permanecieron secas. Nane, frunciendo el entrecejo, también temblaba. Cerró el armario despacio.

—Es tarde —dijo—. Tú también deberías ir a acostarte, estás muy paliducha.

Salieron del estudio y se reunieron con la noche, que corría desalada. No oyeron que alguien, en el altillo, había sorbido por la nariz.

Aquella noche ninguna de las dos pudo conciliar el sueño. Sobre todo Jacqueline, la cual, al abrir la maletita de cartón, encontró tres fotos del hombre de negro. Estaban entre las de aquella boda de unos primos; ahora se acordaba de que había sido en esa boda donde Nane conoció a Aleksander. Los futuros amantes jugaban al escondite en los repliegues de las imágenes, y

Nane sonreía más que de costumbre. Pero Jacqueline volvía una y otra vez al hombre de negro. Esta vez encontraba las facciones de su rostro tan claramente como Nane había encontrado las de Aleksander. Posaba, joven, guapo, y tan orgulloso de haber oficiado en su primera boda..., tan confiado con su traje de sacerdote... Era Paul.

33

Aglaya había muerto. Le había llegado su hora, lo sabía. Lo único que quedaba de ella era un ala rota sobre el hormigón del estudio. Ese estado de cosas era justo. Tanto en la eclosión de sus huevos como en su muerte necesaria se encontraba el equilibrio del mundo, perfecto, milenario, natural. Y, sin embargo, al ver los restos desperdigados de sus colores mezclados con el polvo sucio, me pareció precisamente que la vida había perdido su equilibrio.

En aquel jardín poblado de insectos, nadie parecía advertir que el mundo contaba con una mariposa menos. De modo que me alejé para volver a los caminos rojos y los árboles inclinados por el viento. Me instalé en las contraventanas desvencijadas de una cabaña de pescador deshabitada. Esa llanura seca que se adentraba en el océano era la guarida de los vientos. Con mal tiempo, era un peligro para una mariposa; demostraba ser muy intrépida aventurándome a ir allí con mis alas fatigadas. El gran Escirón acudió. Siempre solemne, Escirón, siempre presente en las grandes ocasiones. Hizo silbar el interior vacío de la cabaña y temblar las contraventanas. Una ráfaga me estrelló contra la pintura levantada de la madera y por un momento me encontré agitando las patas en el vacío. ¿Era mi hora final? Pero cuando por fin logré enderezarme, Escirón ya no estaba allí; era Apeliotes quien me incitaba a huir.

Lo seguí, pues, hasta una cala que olía a algas. Acurrucada

entre los acantilados, no tenía nada que libar y estaba impaciente por marcharme. Pero Apeliotes seguía llevando mis alas hacia aquella cala, quería ser escuchado. Había visto a Paul.

En la otra orilla del mar, en el continente. Este había acudido puntualmente a la cita que su amigo le había dado unas semanas antes. Pero el nadador del Loira no estaba allí. Paul se instaló, pues, en un pequeño y coqueto hotel-restaurante. La habitación era agradable, pero en el comedor había mucho alboroto, ya que se celebraba una boda. Así que Paul decidió coger el coche para ir a ver el mar. Llegó a la hora del crepúsculo. Aún había mucha claridad. Escrutó el horizonte. A la derecha, Noirmoutier. A la izquierda, la isla de Yeu, que podía verse como si estuviera al lado. Las farolas de Port-Joinville debían de estar ya encendidas, se veían puntitos luminosos. Paul esperó allí, en la playa. Vio pasar parejas de jubilados en buena forma, solitarios con sus perros, un ciclista de la noche e incluso algunos adolescentes achispados. Pero cuando la oscuridad se apoderó de la playa estaba solo. Empezó a distinguir las estrellas familiares y se dijo que era una noche particularmente clara. Y siempre, al fondo, aquella franja de luces que delimitaba la isla de Yeu.

Volvió entonces al coche, abrió el maletero y sacó un telescopio. Las cajas del observatorio estaban allí, manuales de astrofísica sobresalían de las bolsas de viaje. Instaló el objetivo en la duna, en medio de las perpetuas, y desplegó una sillita sobre la que puso el ordenador portátil. Y miró. Mucho rato. No había visto en toda su vida un cielo así, o al menos no lo recordaba. Todo estaba allí, clarísimo, ¡y hacía una noche tan buena...! Sin iluminación pública, sin contaminación, el cielo se dejaba leer como el primer día, pero ni rastro de supernova.

A la una de la madrugada, notó que el cansancio y el frío encogían su entusiasmo. Se dijo que el banquete de boda no tardaría en acabar y decidió suspender su exploración por esa noche.

Cuando iba a guardar el ordenador portátil, una mariposa de noche batió las alas contra la pantalla luminosa. La apartó con la mano y ese gesto desplazó el telescopio hacia la izquierda... unos milímetros. Antes de guardarlo, Paul miró una última vez a través de él. Y vio un punto que no debería haber estado ahí.

34

Escondidos bajo la vela que cubría el altillo del estudio, Bruno y Arminda vieron cómo Nane y Jacqueline apagaban la luz y se marcharban, la una hacia la villa, la otra hacia el bungalow. Bruno, tumbado, miraba el armario cerrado justo debajo de él y sorbía por la nariz.

—¿Ves por qué te digo que no es posible? —murmuró Arminda en un tono de reproche—. ¡Si me voy, no levantará cabeza!

Bruno se volvió hacia ella.

—Ya, pero ¿has oído lo otro que han dicho? ¿Quieres esperar a tener mi cabeza metida en un armario para estar conmigo? Tengo treinta y nueve años, y tú, treinta y cinco. Estoy totalmente de acuerdo, ¡no tenemos tiempo que perder!

—No veo yo que sea tan mayor...

—Tienes razón, te echarían dieciocho, una chiquilla que teme decirle a su madre que tiene novio.

—No entiendes nada, Bruno. Si me voy contigo, lo pierdo todo. Pierdo mi trabajo...

—Sigo sin entender por qué no puedes trabajar para ella durante el día y volver a nuestra casa por la noche. En fin, eres tú quien la conoce. De todas formas, podrías encontrar otro empleo fácilmente. Pongo un anuncio en la pescadería y cinco abuelitas se me echarán encima para conseguirte.

—Confía en mí. Si me voy, pierdo a Nane. Y pierdo también esta casa. Esto es mi casa, y para Mathis esto es todo también...

—A Nane no la pierdes, siempre formará parte de la familia, no hay ninguna razón para que no vaya a verte.

—¿Y quién se ocupará de ella?

—Tengo la impresión de que Jacqueline va a quedarse una buena temporada. Y, si no, encontrará a alguien...

Bruno vio que Arminda estaba triste. Le rodeó los hombros con un brazo y la atrajo hacia sí.

—Arminda..., cielo... —Ella refugió la cabeza entre sus brazos—. ¿Sabes? —le dijo él, cogiéndole la cara—, eso que me contaste, lo del marido de Jacqueline, que a los setenta y seis años se ha marchado de casa, ha dejado todo lo que tenía para recorrer el Loira, me ha dado que pensar. Él no ha tenido miedo. Nosotros, en cambio, tenemos miedo y no deberíamos. Nos decimos que tenemos tiempo, y que haremos esto y lo otro más adelante, cuando se den las condiciones adecuadas. Pero las condiciones adecuadas no llegan nunca. Y en el momento menos pensado nos encontraremos como él, ahí, metidos en el armario. O como Jacqueline, diciéndose a los setenta tacos que no ha llevado la vida que quería. Podríamos ser una familia, tú, yo y Mathis. Ahora. No digo que vaya a ser fácil, ni que vaya a ser el paraíso todos los días. Tendremos una casa más pequeña, no viviremos con lujo. Solo digo que, cuando pienso en la felicidad, es eso lo que veo, es eso lo que quiero. Y es lo que he querido desde el instante en que te vi. Pienso en eso cuando me levanto y también cuando me acuesto. Y cuando estamos como gilipollas en la furgoneta, pienso tanto en eso que me dan retortijones. Porque yo quiero estar contigo y con Mathis, ser una familia. Y lo único que tienes que hacer es decir que sí, y lo demás ya se solucionará.

Arminda se quedó mirándolo y le acarició la cara. Sí, sí, sí, decían todos los poros de su piel, y sus dedos, y sus labios, y todo en su interior. Pero las imágenes de los años pasados en la villa, las muestras de bondad de Nane y las horas felices de Mathis, su orgullo y un poco de miedo pasaron ante sus ojos.

—Tengo que pensarlo —contestó—. No lo sé.

Una vez en el caminito, Bruno encendió un cigarrillo. Cogió la moto, aparcada detrás de la maleza, y se dirigió hacia Port-Joinville a la luz de la luna.

35

Desde mi encuentro con Escirón, sentía cierta lasitud, una pesadez en las alas, una reticencia a alejarme de la villa. Dejé, pues, que una vanesa se informara sobre la nueva casa. Me contó el episodio con unos detalles que me encantaron.

El viejo R5 de Nane aparcó delante de la casa. Todavía no estaba puesto el cartel de SE ALQUILA. Pero las ventanas estaban abiertas y el transistor de uno de los trabajadores berreaba una pieza de pop norteamericano.

El agente inmobiliario, un joven increíblemente seguro de sí mismo pese a los cercos de sudor en las axilas de su camisa barata, les estrechó la mano a Jacqueline y a Nane. Las obsequió con su mejor sonrisa especial para ancianas, que consistía en mostrarse como el nieto perfecto que no habían tenido. Jacqueline parecía encontrarlo encantador. En cuanto a Nane, añoraba los tiempos en que era lo bastante flexible para propinarle a ese nieto que no había tenido una buena patada en el culo. Pero su irritación se disipó cuando entraron en la casa: era perfecta.

La primera impresión de Jacqueline, en cambio, fue la oscuridad total: sus ojos a duras penas se reponían de la cegadora luminosidad del patio con gravilla blanca bañada por el sol. El agente inmobiliario abrió algunas puertas que dejaron entrar la luz y Jacqueline descubrió por fin la casa. Dos dormitorios, un salón-comedor, una cocinita, un cuarto de baño, un lavadero y un pequeño garaje. Acababan de renovar la instalación eléctrica y los trabajadores habían preparado las paredes para pintarlas. Pero, allí por donde los pinceles no habían pasado, podían verse decenios de polvo, la forma de los muebles tatuada en negativo sobre trozos de papel pintado, mugre acumulada alrededor de los zócalos y cagadas de mosca en el techo.

El agente inmobiliario había advertido la mirada de Jacqueline.

—Ah, es evidente que antes no era muy acogedor —se apresuró a decir—. Lo ocupaba una anciana, bueno, quiero decir una mujer vieja de verdad. Ya saben lo que es eso. Pero con una capa de pintura el cambio es total. Aquí está el cuarto de baño, la ducha es reciente. Están bien las duchas, son más prácticas que las bañeras, ¿verdad?

Nane estaba extasiada. Hacía falta un poco de imaginación, era verdad, pero, una vez amueblada y decorada, aquella casita sería ideal. ¡Tan práctica...! Tenía de todo y todo era sencillo. Jacqueline podría instalarse la semana siguiente si quería. Dijo a su prima que no se preocupara por los muebles, que ella podría prestarle algunos de momento, tenía el estudio lleno. Bonitos, además.

El agente inmobiliario había notado perfectamente que la mayor de las dos señoras estaba conquistada. Sin embargo, la casa no era para ella, sino para la elegante, que parecía dudosa. Había llegado la hora de ir a la parte trasera y enseñarles el exterior; eso acabaría de decidirlas.

Abrió la puerta de la cocina y las dos mujeres descubrieron un jardín. El agente elogiaba la ausencia total de vecinos al lado, la calma absoluta..., y además, estabas protegido del viento. Jacqueline miró aquel refugio tranquilo. Había malas hierbas y algunas malvarrosas rotas, pero cualquiera habría podido jurar que ese rincón había recibido cuidados. Había un pequeño manzano al fondo, y rosales, y hortensias de color rosa y violeta que casi tapaban las paredes blancas de la casa. Unas baldosas separaban pequeños parterres de flores: pensamientos y nomeolvides. Algunas estaban marchitas, pero podía reconocerse lo que había habido antes; el sobrecito de semillas descolorido seguía allí. Delante de la casa, junto a la puerta de la cocina, macetas pequeñas con esquejes de plantas grasas y geranios. Jacqueline miró aquella terraza donde podría leer cobijándose bajo una gran sombrilla y admirar las estaciones, que pasarían despacio sobre los pétalos de rosa. Para Nane, el hecho de que no hubiera ningún vecino al lado, ninguna señora Tricot controlando lo que uno hacía, era el paraíso.

—Ah, desde luego, aquí no va a venir nadie a molestarla, más tranquilo no puede ser —confirmó el agente.

Jacqueline continuaba contemplando e imaginando una nueva vida. Su mirada siguió a una lagartija que se colaba entre las macetas de la terraza. Anda, se habían dejado unas herramientas de jardinería detrás de una vieja regadera: un pequeño rastrillo desvencijado, un rascador con mango de madera, un guante muy usado. Contra la pared, olvidada también pero todavía en pie, una herramienta extraña: en el extremo de un mango de aproximadamente un metro, habían atado un viejo tenedor con un cordel. Jacqueline imaginó entonces a la vieja señora Perchet, incapaz ya de agacharse, pero ocupándose de su rincón para mantenerlo bonito, simplemente para ella, en aquel jardín que nadie podía ver. El agente inmobiliario la devolvió a la realidad. Sacó unos papeles de una funda de plástico naranja y se dirigió a las dos mujeres, mirando más a Nane.

—Voy a serles sincero: son ustedes las primeras a quienes se la enseño, pero tengo otras citas para mañana. Personas de cierta edad, porque no hay que tener miedo de decirlo, ¿verdad?, esto es perfecto para personas de cierta edad. Aparte del pequeño escalón en la salida al jardín, que no es realmente peligroso, es una sola planta. Y luego este jardín, donde nadie puede molestarlas... Bien, les dejo todos los documentos. Si yo estuviera en su lugar, daría una respuesta a la agencia mañana a primera hora. No es que quiera meterles prisa, pero no hay muchas casas como esta y es posible que mañana ya no esté disponible.

Jacqueline regresó al bungalow presa de una gran agitación. Su huida de Erquy, que hasta entonces había considerado temporal, podía volverse definitiva. Miró los papeles del agente inmobiliario. No tenía más que rellenarlos y firmarlos. Habría podido firmar con la misma tranquilidad los papeles del divorcio. El divorcio. El final de más de cincuenta años de matrimonio. Curiosamente, Jacqueline solo sintió un ligero cansancio.

La sacó de sus pensamientos un paquete que había recibido y que vio encima de su pequeño escritorio. Antes de que nuestra heroína lo abriera, ya sabíamos de dónde provenía ese paquete. Varios insectos, entre ellos unas abejas, que no se equivocan nunca, habían identificado su procedencia africana: ese olor a tierra, a fuego y a ganado, muchos de nosotros lo conocíamos bien. Jacqueline se dijo entonces que Perpétue y los niños de Benín siempre habían estado allí, con sus sonrisas y sus buenas noticias, en todos los momentos difíciles de su vida. Además de los dibujos y las cartas infantiles que esperaba encontrar, había un álbum de fotos de esculturas que Jacqueline no reconoció. ¿Había descubierto uno de sus ahijados una pasión nueva? Cogió la carta y vio la letra redondeada que le era familiar.

Djagballo, 3 de julio

Querida Jacqueline:

Espero que cuando reciba esta carta se encuentre en perfecto estado de salud. Su último envío nos ha colmado de alegría, como todos los demás; los niños están entusiasmados con los libros. Yo estoy impaciente por leer las novelas que me ha mandado: se suman a una pila demasiada alta de obras pendientes de leer. Créame que no es apetito de lectura lo que me falta, pero ¡hay tanto que hacer en el colegio!

Aquí tiene, como le había prometido, el cuaderno y la carta de Monette. Verá que ha progresado desde el primer trimestre. Se expresa muy bien, pero sigue teniendo dificultades con la escritura. No obstante, los libros que usted envía le encantan; así que estoy esperanzada, a la vuelta de vacaciones mejorará.

Encontrará en este envío un paquete que me han entregado para usted y que exige una explicación. La madre de Monette, Virginie Ouadé, una chica encantadora, se ha enterado —pese a todos nuestros esfuerzos por mantener en secreto las señas de nuestros padrinos— de su dirección. Ha observado que reside en casa de Nane Verbowitz. Virginie es estudiante de Bellas Artes y en el terreno de la escultura está dotada de un entusiasmo y un talento indudables. Ha reconocido el nombre de su anfitriona como el de la famosa escultora y, la verdad, su imaginación se ha disparado un poco.

Me ha pedido consejo y yo, por supuesto, le he recomendado prudencia. Sin embargo, por si se da el caso de que tenga usted algún vínculo de parentesco con esa artista, Virginie ha deseado hacerle llegar unas muestras de su trabajo y una carta de solicitud de empleo. Virginie es una joven llena de iniciativa y determinación, y, pese a las poquísimas probabilidades de éxito de esa demanda y mis advertencias respecto a las dificultades que entraña ese proyecto, ha insistido en que le envíe todos los elementos necesarios para que su petición sea objeto de una consideración meditada por parte de la señora Verbowitz.

En cualquier caso, puedo responder de la calidad y la integridad del carácter de Virginie. Instalarse ella y Monette en Francia es una antigua ambición. Virginie, por lo demás, ha conseguido que le concedan un visado.

Querida Jacqueline, no se apene si no puede responder a esta petición de forma afirmativa. Su apoyo a lo largo de los años ha sido considerable y tan fundamental para el bienestar del colegio y los alumnos que me avergüenza pedirle más. Pero a veces el destino nos brinda oportunidades que hay que aprovechar.

Considere, pues, el paquete adjunto como la expresión del valor de una joven y de la confianza que deposito en mi querida amiga francesa.

Con toda mi amistad,

Perpétue

36

Arminda había anunciado que aquella noche iría al cine y Nane había refunfuñado, no porque la chica saliera, sino porque había mentido diciendo que iba a ir sola. Todos lo que estaban sentados en torno a la mesa de la villa Linda Flor sabían que iba a ir con Bruno.

Nane, Jacqueline y Mathis cenaron, pues, solos. Jacqueline no pudo evitar decir que el menú era considerablemente menos elaborado de lo habitual. Para Mathis, Arminda había sacado previamente pescado rebozado, bolitas de patata congeladas y crema de chocolate envasada, y Nane había decidido que los mayores comerían lo mismo. No hablaron mucho durante la cena y a Jacqueline aquello le supuso un descanso. Mathis se mostró reacio a irse a la cama y Nane lo dejó jugar un poco más mientras Jacqueline recogía.

Era uno de esos anocheceres en que la luz azul y rosa tardaba en desaparecer. Un vientecillo fresco hacía danzar los visillos. Se oía, fuera, el ruido de algunos de los nuestros: cigarras y abejorros. Yo me agarraba a mi budelia, pero seguía sintiendo esa lentitud que me hacía tener conciencia de cada una de las veces que batía las alas. Dejaba que los vientos me llevaran y ya no mariposeaba. Vi salir a Jacqueline para ir al fondo del jardín, a buscar la ropa tendida; la noche, que se avecinaba, ya la había refrescado. La cuerda de tender estaba cerca de la hiedra donde me gustaba dormitar, así que decidí acercarme a ella.

Una a una, quitó las pinzas, y luego se detuvo con los brazos cargados de sábanas. Estaba inmóvil, medio oculta por las toallas de playa tendidas en la cuerda como el telón de un teatro. Desde allí podía ver toda la villa entre el verde de los pinos. Podía ver también su pequeño bungalow y el estudio de Nane, así como la sombra imprecisa de las sillas apiladas. En la esquina estaba la ventanita oscura que daba al despacho. A la luz anaranjada de la gran ventana abierta de la cocina, Nane depositaba un beso de abuela en la mejilla de Mathis y lo enviaba a la cama. Pero Jacqueline miraba más allá de la villa. Imaginaba la isla, esa isla cuyos contornos apenas conocía, y todo ese mar que la rodeaba. Se veía tranquila e inmóvil. Estaba desde hacía unos días en un estado de gracia: esa gran calma después de una eternidad de interrogantes. El momento bendito en que sobre la limpidez de la decisión y la pureza del sentido que emana de ella todavía no pesan sus consecuencias.

De pronto me asaltó el deseo de acercarme a ella; presentía que nunca más volvería a tener la oportunidad de hacerlo. Tenía cosas que decirle y sabía que ella las entendería. Una mariposa no debe inmiscuirse jamás en los asuntos de los hombres, pero Jacqueline había dado un nuevo impulso a su vida precisamente porque la había conmovido la muerte de una de las nuestras; Jacqueline era diferente, ¡me escucharía! Céfiro y Apeliotes vinieron entonces a soplar con mucha suavidad junto a mí y, juntos, nos posamos sobre el hombro de nuestra dama de la isla.

Fue en ese momento cuando Jacqueline notó en la piel la frescura de una brisa que anunciaba una hermosa noche de verano. Y, en su interior, como una suave ola. Una sensación extraña. Una fuerza imperceptible, una intensa conciencia de ser uno mismo, allí, en ese instante. ¿Y si aquella noche...? ¿Y si aquella noche... era el momento...? Nane le había enseñado la escultura de Aleksander... Un secreto a cambio de otro... Me vio cuando salí volando hacia mi hiedra. Pero todo su cuerpo conservó el recuerdo de ese ligero estremecimiento, semejante a una eclosión, que la había recorrido en aquel rincón del jardín. Aspiró hondo, terminó de quitar las pinzas y, con los brazos cargados de aquella ropa que olía bien, atravesó el jardín para volver a la villa.

Nane y Jacqueline se sentaron en el salón de muebles extravagantes. Nane se dejó caer en su sillón raído, junto a la cómoda presidida por unas acuarelas con pátina. La tabla de planchar estaba guardada y todo parecía vacío. Sobre el pequeño equipo de música estaba la caja del CD de fados que Arminda ponía siempre cuando planchaba. Jacqueline no se había fijado en eso. Pero aquella noche, en medio del silencio azulado, era como si el fado volviera. *Que Deus me perdoe...* La voz de Nane se mezcló con los cantos lejanos.

—Bueno, aquí estamos. ¿Y qué vamos a hacer nosotras dos ahora, eh?

Jacqueline sonrió, miró a su prima y dijo:

—¿Quieres que te corte el pelo? Yo se lo cortaba siempre a Marcel, ¿sabes?

—Ah, pues mira, no te digo que no. Adelante. Hay unas tijeras en el cajón del cuarto de baño.

Jacqueline fue a buscarlas. Nane se sentó en una silla de formica en la cocina, con una vieja toalla deshilachada sobre los hombros. Jacqueline se colocó de pie detrás de ella. Entre sus dedos finos, de uñas limpias y estriadas y falanges deformadas por los años y las noches de insomnio, pero suaves pese a todo, se deslizaban los cabellos mojados de Nane. Alrededor de la cabeza fatigada de su prima, las viejas manos de Jacqueline mariposeaban con gracia. Flotaba en el aire ese perfume característico de día de lluvia, el olor del corte. Jacqueline conocía los gestos al dedillo. El peine marrón al que le faltaban púas se agarraba a los cabellos plateados y extraía de ellos gotas que iban a parar a las flores mustias de la toalla. El ruido de las tijeras se había enseñoreado de la villa, acompañado del tictac del reloj de pared como lo sería un aire de jazz por unas escobillas arañando un tambor. No muy lejos, Céfiro se enroscaba entre las hojas, justo detrás de las ventanas. Y en todo momento, llegado de ninguna parte, ese fado imaginario que hacía demorarse la noche y le daba un toque dramático.

—No cortes demasiado, ¿eh? —dijo Nane, con los dedos abiertos sobre las rodillas.

No, no demasiado. Justo la anchura de los dedos de Jacqueline. La hoja cortaba y el mechón caía sin ruido al suelo y se quedaba ahí, inmóvil.

—Bueno, reina, ¿has pensado lo que vas a hacer con esa casa?

Jacqueline iba a responder, pero cambió de opinión. Miró el mechón de pelo que le helaba los dedos. *Que Deus me perdoe, se a mina alma fechada, se pudesse mostrar, e o que eu sofro calada...* El anochecer entero, sus abejorros, las ventanas de color naranja, las caricias frías de la ropa, las habitaciones de la villa, todo eso estaba reunido en su corazón. Y cuando no hubo más sitio en su pecho, preguntó con voz queda:

—¿Te acuerdas de la última vez que nos vimos, en Montrie...?

—Pues mira, lo había olvidado —dijo Nane—. Pero cuando te vi sentada a la mesa de la cocina mientras pelábamos los centollos, me vino a la memoria. Como si fuera ayer. Fue en el cincuenta y tres, ¿verdad?

—Septiembre del cincuenta y tres. Yo tenía diecisiete años, y tú, veintitrés. El día veintidós de septiembre.

—No me acordaba del día, pero sí, era otoño.

—Sí, era el veintidós. Yo sí que me acuerdo.

Jacqueline continuaba peinando y cortando. Lentamente.

—Me acuerdo —añadió, susurrando como si hablara consigo misma— porque el veintitrés supe que iba a tener un hijo.

Nane no se movía de la silla salpicada de óxido. En el hueco de la ventana abierta, los árboles del jardín no eran más que sombras. *Se pudesse contar, toda a gente veria quanto sou desgraçada...*

—No quise decírtelo, aunque quizá te enteraste, pero unos meses antes Paul Charon y yo nos habíamos enamorado.

Jacqueline apenas había contenido la respiración. Un secreto de sesenta años acababa de ser dicho y, sin embargo, nada en el aire parecía haberse alterado.

El ruido de las hojas de las tijeras que cortan unos mechones más.

—Mi madre se enteró al mismo tiempo que supo que estaba embarazada. Paul era sacerdote. Como sabes, fue él quien celebró la boda de Lucette y François. Juró que dejaría el sacerdocio para casarse conmigo y reconocer al niño, y cumplió su palabra. Hizo las gestiones oportunas ante su obispo. Pero eso iba a llevar tiempo y mi madre decía que no era posible esperar. En Montrie la gente empezaba a murmurar, así que mi madre hizo lo que había que hacer.

Jacqueline continuaba dejando resbalar los finos cabellos de Nane entre sus dedos.

—Era finales de octubre. ¿Sabes qué recuerdo de aquel día? Es curioso lo que vuelve a la memoria. Recuerdo el sombrero de mi madre, sentada delante, en la furgoneta Citroën para transportar los animales. Recuerdo las perlas y el cuello de visón. La señora Lesage había dicho que no debíamos llamar la atención; en Amboise acababan de detener a una mujer que practicaba abortos. Todo el mundo estaba a la que saltaba. Así que la señora Lesage había mandado a su hijo a buscarnos a Montrie en su furgoneta, porque ya te imaginarás que el coche de mi padre, con su chófer, no habría sido nada discreto. Yo iba detrás, sobre un saco de paja. Y mi madre, delante, con sus joyas y sus mejores galas. Yo estaba tan ocupada detestándola y pensando en el dolor que se acercaba que ni siquiera pensaba en el niño... No pensaba en él, no, realmente no, tenía diecisiete años... Ese tipo de cosas, es después cuando se piensa en ellas.

Unos cabellos pegados fueron a reunirse con los demás sobre el hombro de Nane.

—Pasó más de un año antes de que Paul quedara liberado del sacerdocio. Y era demasiado tarde, por supuesto. Ya habían concedido mi mano a Marcel. Mis padres decían que su yerno prometía hacer una buena carrera en el ejército, cuando en realidad lo habían elegido porque no era nadie. Nadie conocido, nadie sobre quien pudiera murmurarse. Mamá sabía que su familia no haría preguntas. Lo único que contaba era que yo estuviese casada. Paul, sin la Iglesia, sin su parroquia, ya no era nada. Mis padres se habían encargado de su reputación. Se habían encargado, de hecho, de toda mi vida. Entonces me dije que no sería una elección tan mala casarme con Marcel. Es increíble de lo que podemos convencernos cuando somos jóvenes...

Jacqueline había dejado las tijeras. Ya no había más pelo que cortar, y las gotas habían dejado de caer. No había más que silencio y, en el reflejo del cristal, la luz dorada de la lámpara de techo, que daba a las dos mujeres aires de Rembrandt. Jacqueline se puso a peinar de nuevo a Nane y prosiguió:

—Incluso habría podido ser un matrimonio feliz. El problema fue que los niños nunca llegaron. Y, claro, no había que ir muy lejos a buscar. Yo jamás le dije a Marcel que no podía tener hijos porque había pasado por la mesa de la recocina de la señora Lesage y sus manos con olor a ajo. ¿Comprendes por qué mi madre se empeñaba en hacerme comer las cosas más inverosímiles? Hasta su muerte se negó a admitir que ella también era culpable de que yo no pudiera tener hijos. A partir de cierto momento empecé a pensar en ese niño que se había ido aquel día de octubre... Creció con nosotros, y las cosas que nunca nos hemos dicho crecieron junto con él. Habría cumplido cincuenta y seis años en febrero, pero siempre será mi niño. A veces le hablo. Le digo: «Pobrecito mío». Es una idiotez, claro, a mi edad... Le había prometido a mi madre que nunca lo diría, me lo hizo jurar. ¿Ves, Nane?, esta noche es la primera vez que lo cuento.

Nane notó una gota caliente en el cuello. Una gota llegada de lejos, sin el menor ruido. Sin volverse, puso la mano sobre su hombro, allí donde Jacqueline había dejado la suya. Mientras que en otro lugar el amor de Arminda y Bruno brillaba como un camión nuevo, allí la ternura de dos ancianas, una ternura intacta que no presentaba una sola arruga, insuflaba vida a sus corazones gastados. Nane sabía, sin embargo, que Jacqueline no lo había dicho todo. Dejó que los insectos y la noche entonaran aquellos aires de fado y, finalmente, Jacqueline cogió la toalla, le secó la cabeza y las sienes, y prosiguió. Su voz, convertida en funambulista, amenazaba con tambalearse.

—Y Paul... Paul llegó un día al umbral de mi casa, cuando yo me acercaba a los cuarenta. Ninguno de los dos pudo pronunciar una palabra. Jamás olvidaré aquella mirada, pareció envolverlo todo de golpe, el presente, el pasado, a mí entera... Pero nunca supe lo que quería decirme porque llegó Marcel. Se conocieron, se hicieron amigos y, ¿quieres creer que han pasado más de treinta años y nunca hemos hablado de ello? Veía a Paul de forma apresurada, o cuando nos reuníamos en pareja, para los cumpleaños, por ejemplo. Una tarta que hay que comer para celebrar el tiempo que pasa. Después de cada velada que pasábamos juntos yo perdía cinco kilos. Paul siempre le dijo a Marcel que su traslado a Bretaña había sido una feliz coincidencia, pero yo nunca lo he creído. Pienso que en cierto modo cumplió su promesa, vino para velar por mí, y por sus estrellas, vete tú a saber... Cómo saberlo, nunca hemos hablado de eso.

Jacqueline se sentó en una silla al lado de Nane y puso la toalla y las tijeras sobre sus rodillas.

—Al final te dices que eso es lo que Dios debía de haber previsto para nosotros, y luego pones un día detrás de otro. Pasan las semanas, los años... Hasta... Hasta el mes pasado. Marcel se hizo unas pruebas para controlar la próstata. Y nos enteramos de que era él quien no podía tener hijos. No era por mi culpa.

En el rostro de Jacqueline, las lágrimas, calientes, gruesas, empezaron a correr sin parar, siguiendo las delicadas arrugas, y sus hombros frágiles se alzaron. Y, mientras los sollozos la ahogaban, vio a su prima forzar las rodillas, las caderas y la espalda para levantarse sola y rodearla con sus brazos cansados. Al estrecharla contra sí, el recorte de periódico guardado en el bolsillo del delantal se arrugó con un ligero ruido.

Por fin Jacqueline se enjugó las lágrimas y miró a Nane directamente a sus ojos grises.

—Debiste de preguntarte por qué habías dejado de recibir noticias mías. Mi madre me había prohibido verte, por supuesto, pero sería una cobarde si dijese que esa era la única razón... Verás, aquel otoño del cincuenta y tres, tú fuiste valiente. Y yo no lo fui. Cada vez que pensaba en ti..., ¡y cuánto he pensado en ti, querida Nane, todos estos años!, ¡cuánto te he echado de menos!..., pero, cuando pensaba en ti y en tu felicidad con Aleksander, veía todo lo que yo había perdido dejando que mi madre me llevara a aquella recocina. Y necesitaba intentar ser feliz con esa vida, Nane, así que...

Jacqueline miró la ventana y luego sus manos arrugadas.

—Cuando llegué a tu casa me dije que quizá podría volver a empezar. Que tal vez podría heredar un poco de esa valentía que tú habías tenido y a mí me había faltado hacía cincuenta y seis años. Pero, qué le vamos a hacer, ahora está todo hecho, ya no hay nada que volver a empezar.

Cogió a Nane por los hombros y le miró el pelo.

—¡Caray, te has quitado diez años de encima! —murmuró, sonriendo a través de las lágrimas—. ¡Ven a ver qué bien te queda!

Pero Nane no se movió. Sacó del bolsillo del delantal el recorte de periódico que había guardado después de haberlo doblado por la mitad, el artículo sobre Marcel. Jacqueline vio la foto de su marido y cogió la hoja para leerla. Tuvo que secarse los ojos varias veces para asegurarse de que entendía bien. Su marido recorría el Loira aguas abajo y planeaba nadar hasta la isla de Yeu. Se quedó boquiabierta durante unos segundos, hasta que a su semblante asomó un destello de orgullo.

—Hace treinta años que habla de eso... —murmuró, sonriendo—. ¡El Loira! ¿Te das cuenta? ¡Y pensar que ha hecho falta que me fuera!

Jacqueline levantó la vista hacia su prima, cuyo rostro era recorrido por emociones que a ella le costaba interpretar, tristes y bondadosas a la vez. Nane cogió entonces la hoja de periódico con sus viejas manos para mostrarle la otra mitad. Jacqueline leyó. Se sentó de golpe en la silla de su prima, con una mano delante de la boca. Eran las noticias de fallecimientos: Renée Charon, de soltera Besso, fallecida el 17 de julio en Erquy. Sus hijos y su marido, Paul Charon, lamentan su pérdida.

Jacqueline se quedó un buen rato mirando el papel arrugado.

—Si buscas bien —dijo por fin Nane—, todavía hay cosas que es posible volver a empezar. Pero ya te lo dije, cielo: no queda tiempo para dejar que los demás decidan por nosotros. No queda tiempo para que nos falte valentía.

Más tarde, dejé a las dos primas mirándose en el espejo y a Nane sonriendo ante aquel corte de pelo que rejuvenecía su rostro ladeado. Y me divertí viendo a Mathis, con su pijama de Spiderman, salir corriendo como un conejito y volver a la cama donde lo creían dormido.

Jacqueline esperó la mañana. Contó las horas antes de la salida del sol y los minutos después de la salida del sol. Por fin, a las nueve y media, se dirigió hacia la casa, se encerró en el despacho y marcó el número del móvil de Paul Charon.

—Hola, Paul, soy Jacqueline.

—Hola, Jacqueline.

—Paul, quería... quería decirte que me he enterado de lo de Renée... y lo siento mucho.

—Sí..., gracias.

Renée estaba muerta. Jacqueline y Paul hablaron del entierro, de la familia que había ido, de las reuniones para la cuestión de la herencia. Del sermón del cura. La anciana había oído a Paul, en la época en que era sacerdote, hablar de la muerte con seguridad y aplomo. En esos tiempos eran jóvenes. Ahora Paul ya no decía nada de eso. Eran los silencios al final de sus frases los que hablaban por él. Jacqueline comprendía ese lenguaje que se aprende cuando los amigos empiezan a desaparecer uno a uno. ¿Qué decir de una muerte anunciada? Las dudas, el sueño que ya no acude, las imágenes de horror corriente con las que va a ser preciso seguir viviendo, el dolor paralizante y la indiferencia vergonzosa que se llevan la parte del león de los días que pasan, y esa pregunta que se invita sin cesar: «Y en nuestro caso, ¿cómo será?». A nuestra edad todo eso ya no tiene derecho a tomar la palabra. Renée estaba muerta. Había que hablar de otra cosa.

—Estoy en Notre-Dame-de-Monts —dijo Paul—. Espero a Marcel. Debería haber llegado anteayer, pero ya sabes...

—Notre-Dame-de-Monts está justo enfrente de la isla de Yeu, ¿no?

—Sí, a ocho kilómetros del embarcadero de Fromentine. Además, estoy en la playa, te veo.

Hubo un breve silencio durante el cual Jacqueline contuvo la respiración.

—Bueno, cuando digo que te veo, por supuesto no...

—Estoy en casa de mi prima. ¿Te acuerdas de Nane? —Tras un titubeo, cerró los ojos y dijo—: Estaba en la boda de Lucette y François de Larne, tú eras el sacerdote...

—Me acuerdo, sí. Hace mucho de eso...

—Sí, y que lo digas —contestó Jacqueline, fingiendo reír.

—Me parece que voy a ir a Nueva York —dijo Paul.

—¿A Nueva York? Tengo unos amigos allí...

—Creo que acabo de descubrir una..., ya sabes, una de esas estrellas gigantes...

—¿Una supernova?

—Sí, exacto. En Nueva York es donde validan esos descubrimientos, es el gran centro de la astronomía, y siempre quise ir con Renée, pero dejamos pasar el tiempo y luego, con su enfermedad... Así que ahora me he dicho... En fin, he comprado un billete para la semana que viene. —Paul hizo una pausa y preguntó—: ¿Y tú, Jacqueline? ¿Vas a volver a Erquy?

—Tengo que dejarte, Paul, mi prima me está llamando. Cuando veas a Marcel, ¿puedes decirle que me llame?

—Claro.

—Hasta la vista, Paul.

Y colgó sin esperar su despedida.

Finalizaba ya julio y la isla estaba cada vez más ruidosa. Después de las tormentas, una nueva ola de calor asfixiaba las tardes. Port-Joinville no era otra cosa que turistas, bicicletas de alquiler e insolaciones. Pero se salvaban las mañanas. Y en la villa Linda Flor Nane había decidido que por las mañanas llevaría a Jacqueline a recorrer Oya la luminosa, esa isla de Yeu que su prima apenas había entrevisto. El faro, la iglesia de Saint-Sauveur, la Piedra Tambaleante, el fuerte del mariscal Pétain, la Punta de los Cuervos, un museo o dos: a pie y en coche, empezaron por los lugares turísticos. Aunque Yeu era minúscula, Nane encontraba todos los días un sitio nuevo para enseñarle a Jacqueline, que se ponía en sus manos. La caja de Pandora abierta la noche del corte de pelo no se había cerrado. La anciana retrocedía en el tiempo y revivía todo su pasado, cincuenta y seis años de comodidad a la sombra de actos frustrados, cincuenta y seis años de interrogantes silenciosos y de un inmóvil ir a tientas. La eternidad de una vida privilegiada e incompleta. Nane escuchaba.

Un día, el paseo las condujo a la quietud del pinar, junto a la playa de los Ovarios. Un oasis de claros verdes y salvajes, abandonado por los turistas, donde se adentraba una luz que a Jacqueline le encantó. Mirando las sombras que danzaban sobre la arena cubierta de agujas, dijo:

—¿Desde cuándo sabías que Marcel iba a venir a la isla?

—Desde hace semanas.

—¿Por qué no dijiste nada?

—Ya te lo he dicho, Jacqueline, porque no queda tiempo para dejar que los demás decidan por ti. Tú has decidido abandonar a Marcel...

—Yo no he decidido..., bueno, no lo había decidido cuando me fui.

—Pues claro que lo habías decidido, guapa. Simplemente, preferiste venir a pedirme la bendición, ¿verdad? Pero no soy yo quien tiene que dártela. Ni yo, ni Marcel, ni tu sacerdote. Que Marcel venga o no, que lo haga a pie, a remo o a pedal, que cruce los ríos de los infiernos o lo que quiera, eso no tiene nada que ver contigo. Ese es su camino. Tú debes encontrar el tuyo.

Nane dejó que el murmullo de las olas y del viento sacudiera el verano. Aspiró el olor del mar y continuó:

—Tú y yo hemos charlado mucho estos últimos días. Las sábanas viejas han salido de los cajones. Estupendo. Ahora hay que olvidarlas, soltar amarras. Mira esto, este precioso día. Todavía hay cosas que vivir. Sería una lástima pasar por al lado simplemente porque uno está ocupado aireando las sábanas viejas, ¿no crees? Ven, voy a llevarte a la capilla más bonita de la isla.

Y las dos mujeres se dirigieron juntas hacia Notre-Dame-de-Bonne-Nouvelle.

39

Al final, el tiempo se les echó encima y antes de llegar a la capilla estaban agotadas. En otra ocasión, dijo Nane. Al día siguiente Nane había decidido ir a la playa de las Viejas antes de que empezara a hacer calor; las primas salieron hacia las nueve. Pese a su terrible nombre, la playa de las Viejas era un lugar de una belleza excepcional, al que Nane ya había llevado varias veces a su prima a última hora del día. Jacqueline se sentaba en su pequeña toalla, abría su pequeña sombrilla y miraba las olas verdes. No se lo confesaba a Nane, pero le gustaba aquel sitio porque siempre se desarrollaban escenas corrientes que le encantaban. Llegaban los adolescentes, bronceados, ricos, siempre en busca de un lugar secreto, prohibido a los adultos. Luego llegaban también las abuelitas arrugadas y anaranjadas, con los niños que querían encontrar cangrejos o inventaban juegos peligrosos. Jacqueline seguía a esas abuelas y a sus nietos el tiempo de un «Kiki, ponte las chanclas», una partida torpe de bádminton y la compra imprudente de un gofre con Nutella. Pero aquella mañana era diferente.

La luz que el otro día la había maravillado en el claro —esa luz dorada y casi íntima— se repetía aquella mañana. Lo salpicaba todo, desde el mar hasta el cuerpo de Jacqueline, pasando por cada uno de los colores del paisaje. Jacqueline acarició su sombra en la arena caliente, la hizo resbalar entre los dedos.

—Debes de haberte preguntado por qué llamaba a Benín...
—dijo.

—Bueno, qué quieres que te diga, de todas las cosas que me he preguntado sobre ti, Benín era la última de mis preocupaciones... Pero háblame de Benín, te mueres de ganas de hacerlo.

Jacqueline miró de nuevo a su prima y rebuscó en su bolso. Sacó un sobre de papel kraft, cuyo contenido extendió sobre la arena: en las hojas cuadriculadas, una escritura de niño, y sujeta con un clip, la foto de una pequeña colegiala con uniforme azul.

—Es Monette. Tiene seis años. Es mi ahijada de Benín.

Jacqueline habló de la asociación que le permitía apadrinar a los alumnos del colegio de un pueblo. Le habló de su amistad epistolar con la directora del colegio, Perpétue Glele. También, de los libros que enviaba, del «armario de Jacqueline» y, por último, de todos sus ahijados: Oscar, Yewande, Armand, Marius, Bernadette, Adja, Yoannie, Wenceslas, Josué, Sylvaine, Issa, Solange, Chimène, Gildas, Prosper, Caleb y Monette.

Diecisiete.

Nane no decía nada y miraba a aquella pequeña beninesa acariciada por la luz complaciente de la mañana.

—Seguramente te parecerá una tontería apadrinar a tantos —prosiguió Jacqueline—, pero hace treinta años que soy madrina. Oí hablar de la asociación cuando tenía cuarenta y cuatro años. Era un período un poco difícil. Me había resignado a no tener hijos. Y además, Paul había reaparecido. Estaba casado con Renée y acababan de instalarse en Erquy. Marcel los había conocido y nos relacionábamos con ellos. Paul y Renée tenían cuatro hijos. Así que me puse en contacto con esa asociación, y recibir los boletines de notas de aquellos niños me ayudó a superar esa etapa de la vida. Después les tomé cariño. Muchas veces he tenido ganas de ir allí para verlos, pero, al igual que en el caso de Norteamérica, me decía que nosotros no hacíamos eso, que una mujer no viajaba sola. Y además, otra razón era que no se lo había dicho a Marcel. Nunca se lo he dicho a nadie.

Nane miró largo rato las caras del fin del mundo iluminadas por el sol poniente.

—Son guapos, tus niños —reconoció por fin.

Y Jacqueline sonrió entonces con la sonrisa más amplia que Nane jamás le había visto.

—¿Por qué le pusiste ese nombre a la villa, Linda Flor? —preguntó a Nane, alisando la arena.

—*Una linda flor en una piel de vaca* —canturreó Nane—. Ya sabes, la canción de Brassens... Aleksander decía que era yo tal cual. Como de costumbre, tenía razón.

Jacqueline sonrió.

—En tu casa —dijo, despacio—, se ve en todas partes la huella de Aleksander.

—Nuestras dos huellas. Imaginamos esta vida los dos. Vivir en esta isla incluso en invierno..., la gente nos tomaba por locos. Vivir nuestras pasiones, acoger a los amigos de paso, coleccionar todas las cosas que por algún motivo nos gustaban aunque fueran feas... Nunca hicimos lo mismo que los demás, pero fuimos felices. Aleksander y yo nos tumbábamos a menudo en la playa o sobre la hierba, en la parte de los acantilados. Nos poníamos nuestros sombreros de paja. Decíamos que era el oráculo del sombrero de paja. Mirábamos cómo pasaba el sol por los agujeros, imaginábamos nuestra vida y hacíamos como si ya la viviéramos. Nuestros grandes viajes los imaginamos así. Incluso nuestra tercera hija vino en el sombrero de paja.

De pronto Nane se tumbó como pudo sobre la esterilla de rafia y se cubrió los ojos con el viejo sombrero. Jacqueline también había cogido uno. Su prima se lo había puesto en las manos antes de salir mientras ella refunfuñaba porque no quería exponerse al sol. Por un momento Jacqueline se sintió tentada de tumbarse como Nane, pero no se atrevió.

—¿Sigues viendo cosas en tu sombrero? —preguntó, de todas formas, riendo.

—Veo todo lo que tengo y me encanta —respondió Nane, incorporándose—. Pero yo he vivido la vida que he querido, así que puedo ser vieja y ponerme a roncar bajo mi sombrero. Tú, en cambio, todavía eres muy joven, así que me parece a mí que hay muchas cruces que poner en tu lista de deseos antes de vivir los días de vejez en ese jardín sin vecinos, cultivando tus recuerdos.

—Nane, creo que voy a quedarme con la casa.

—Bueno, no seré yo quien se queje de eso.

—Pero ¿sabes?, he pensado mucho en lo que me dijiste, en eso de que había que soltar amarras...

—¡Esto sí que es una agradable sorpresa!

—Y me parece que deberías dejar que Arminda viviera su historia con Bruno...

Nane la miró lanzando chispas por los ojos. Sin decir nada, cogió el sombrero e intentó levantarse. Jacqueline quiso ayudarla, pero ella puso el grito en el cielo. El R5 regresó a casa a toda pastilla. Jacqueline lo había visto perfectamente: un lado del rostro de Nane tenía una expresión mucho más enfurecida que el otro.

40

—Arminda..., quería darle las gracias por lo de la casa —dijo Jacqueline, que acababa de entrar en la cocina.

—No es a mí a quien tiene que agradecérselo, es a la señora Tricot —contestó la chica de forma casi inaudible. Y salió de la habitación.

Pero Mathis la alcanzó y le tiró de la camiseta.

—¿Qué quieres, Mathis? ¡Vamos, habla!

—Jacqueline quiere hablar contigo en la cocina —musitó.

—Sí, ya lo sé, pero yo no tengo ganas. Ahora no —dijo Arminda bajando la voz como él.

—Ya, pero creo que quiere pedirte perdón. Y tú me has dicho que hay que escuchar siempre a la gente cuando quiere pedirte perdón.

Arminda suspiró.

—Menudo pillo estás tú hecho —comentó mirando a su hijo.

Volvió a la cocina, con Mathis escondido detrás de ella. Hizo a su hijo una seña indicándole que se fuera y él obedeció de inmediato. Después cogió un paño y empezó a secar una cacerola sin atreverse a mirar a Jacqueline. Tal como Mathis había predicho, la anciana tomó la palabra.

—Cuando hablamos la última vez en el salón, no entendí lo que quería decirme. Le pido disculpas. Ahora comprendo que tenía miedo de que Nane se encontrara sola si usted hacía su vida...

—Sé lo que quise decir —la interrumpió Arminda—. Está bien, no hace falta que se disculpe, ya está todo aclarado.

—Ah, bueno, si está aclarado... —Jacqueline se retorció los dedos, pero prosiguió ante la mirada hostil de Arminda—: Mire, esto es lo que he venido a decirle. Voy a decirlo de un tirón, si no, siempre lamentaré no haberlo hecho: puedo convencer a Nane de que acepte a Bruno. Solo hace falta que se dejen ver juntos, sin esconderse. Mi prima lo comprenderá, estoy segura. Dígale a Bruno que venga esta noche a la villa.

Arminda se quedó paralizada lo que parecieron largos segundos. Jacqueline ya no sabía qué hacer con las manos y, al final, se dirigió apresuradamente hacia la salida.

—No sé si es eso lo que quiero, Jacqueline —dijo Arminda—. Yo...

La anciana se volvió y, por primera vez, la miró directamente a los ojos.

—¿De qué tiene miedo, Arminda? ¿De arrepentirse si toma la decisión equivocada? ¿Qué recordará cuando tenga mi edad? ¿Este empleo que pudo conservar, esta bonita casa donde vivió, o aquel hombre al que perdió? Dígale que venga luego y deje que las cosas sigan su curso.

Al anochecer las dos mujeres se encontraron una frente a otra. El plan era que Bruno pasaría a buscar a Arminda para salir a cenar, pero se quedaría a tomar el aperitivo. La villa estaba impecable, reinaba un orden que Jacqueline no había visto nunca en la casa. Faltaban dos horas para que llegara el joven y Arminda corría de un lado a otro. Nane renegaba porque no encontraba nada en la cocina rutilante y refunfuñaba sola. Arminda dirigió a Jacqueline una mirada suplicante antes de desaparecer en dirección a los dormitorios.

—Tenemos un invitado para el aperitivo —anunció Jacqueline, maliciosa.

—¿Y por qué no se queda a cenar el pescadero?

Jacqueline no se esperaba que Nane estuviera al corriente.

—Lleva a Arminda a cenar a la ciudad —dijo, a la defensiva.

—Ah, ya. El señor quiere impresionar. ¿Y adónde va a llevarla?

—Al Gérard.

—¡Puaf! —exclamó Nane—. No me extraña. Es todo fachada, el Gérard. ¡Sillas y cortinas muy vistosas, pero después en el plato no te ponen nada!

—¡Vaya! Pues, en ese caso, ¿por qué no preparas un buen aperitivo para que no se mueran de hambre? Yo no me meteré en la preparación.

Jacqueline dejó a su prima con su mal humor y se cruzó con Arminda, que se arreglaba a toda prisa. Había intentado hacerse un *brushing*, pero le había quedado bastante mal y también estaba nerviosa. Jacqueline le propuso peinarla. La joven rechazó el ofrecimiento, pero ella contestó que solo tardaría unos minutos. Arminda se sentó entonces en una silla de su habitación y Jacqueline se colocó detrás de ella. Peinó y cepilló, le hizo varios cumplidos sobre su pelo y domó su cabellera con mechas rojizas haciéndole una bonita y elegante trenza. Aprovechó para retocar el maquillaje de la portuguesa, la cual, después de una jornada tensa, se dejó hacer. No hablaron. Cuando Jacqueline fue a buscar un espejo para mostrarle el resultado, el semblante de la chica se iluminó con una sonrisa tímida. Jacqueline tuvo la prudencia de marcharse para dejar que eligiera su atuendo.

Una hora escasa más tarde, Arminda entró en la cocina con una sonrisa en los labios. Todas las miradas se volvieron hacia ella. Nadie la había visto nunca así. Su rostro, cuyas imperfecciones habían desaparecido como por milagro bajo un maquillaje con estilo, pero no excesivo, estaba maravillosamente despejado y realzado por aquella bonita trenza. Un top rojo oscuro sin mangas dejaba ver sus brazos firmes y su escote. Una falda trompeta negra subrayaba su cintura fina, y unos tacones altos embellecían su silueta, que había adquirido un toque orgulloso y exótico.

—Pareces una bailarina de flamenco —dijo Nane en un tono en el que se mezclaban la burla y la admiración.

—¿Sí? ¿Tú crees? —repuso Arminda, decepcionada, mirándose la falda.

—No, no, no —intervino Jacqueline—. Todo lo que lleva le sienta de maravilla. ¡Ooohhh! ¡Enséñenos esas manos!

Arminda, sonrojándose, enseñó los dedos. Se había puesto unas uñas postizas de color rosa nácar y, por primera vez, podía verse que tenía unas manos bonitas y finas. Jacqueline se extasiaba, pero Nane y Mathis, en cambio, se mostraban impacientes.

—¿Seguro que no es demasiado escotado este top? —acabó por preguntar Arminda a Nane.

En ese momento todo el mundo se quedó parado. Bruno avanzaba por el jardín. Iba de punta en blanco y llevaba una botella de oporto. Los efluvios de masaje para después del afeitado y de champú eran embriagadores.

—Buenas noches, señoras... y señor —añadió para incluir a Mathis.

El niño se escondió detrás de Nane. Arminda se acercó a su invitado y lo besó en la mejilla. Jacqueline propuso pasar al salón, y Nane aprovechó para quitarse de en medio y refugiarse en la cocina a fin de preparar el aperitivo.

Jacqueline se sentó en la butaca, Arminda y Bruno en el sofá, y entonces se produjo un silencio incómodo. Al cabo de unos minutos de una conversación que no iba a ninguna parte, la anciana propuso brindar. Arminda, seca y mirando sin parar en dirección a la cocina, dijo que había que esperar a Nane. De pronto Bruno se levantó y fue a la cocina, donde Nane estaba poniendo aceitunas en cuencos.

—¿Necesita un poco de ayuda? A ver, yo me encargo de eso.

Y, sin más ceremonias, cogió todo lo que había encima de la mesa, más algunos ingredientes de un armario, y preparó el aperitivo con una rapidez y una soltura que dejaron pasmada a la anciana.

—Sé perfectamente lo que piensa —dijo Bruno, cortando el salchichón en rodajas—. Que no soy bastante bueno para Arminda. Y voy a decirle una cosa: tiene usted razón. No, de verdad, no hablo en broma, tiene usted razón. Por lo demás, no conozco a nadie que sea bastante bueno para ella. ¿Y usted, conoce a alguien?

Nane no respondió.

—No, en serio, señora Verbowitz...

—No he reflexionado demasiado en la cuestión —dijo por fin Nane en un tono seco.

—¡Caramba!, ¿va a decirme que entre todos los premios Nobel que vienen a cenar a su casa no hay ni uno que sea digno de Arminda?

—Lo veo venir, Bruno —le advirtió Nane.

—¡Me doy perfecta cuenta de que me ve venir! Y se dice: «Este Bruno quiere liarme». Pero, si usted no ha reflexionado en la cuestión, yo sí lo he hecho. Y le digo que no hay ni uno en la isla que la merezca. Ni siquiera en el continente. Ojo, no he visto todo el continente, claro que no, pero, aun así, conozco a bastante gente. Pues bien, nunca me he encontrado con un tipo que sea lo suficientemente bueno para ella. Así que me digo: «Va a acabar con un pelanas, seguro». Y como yo estoy colado por ella desde que me pidió unos centollos hace seis meses, pienso: «Si tiene que acabar con un pelanas, prefiero que esté conmigo». Porque al menos yo sé que no la merezco, mientras que sería muy grave que acabara con uno que creyese que la merece. ¿Vamos con el aperitivo?

Nane había capitulado antes incluso de abrir el oporto. Después del aperitivo Arminda montó en la moto de Bruno y, cuando su cabellera trenzada pasó por encima de las moreras, todos en la villa, incluso Mathis, supieron que se quedaría con su pescadero.

41

Los enemigos que se habían inclinado hacia la tumba acuática de Marcel no eran los fantasmas de sus suegros. Habían tirado de él hacia la superficie y le habían salvado la vida. Eran unos extranjeros de paso que recogieron también sus mochilas mojadas. La canoa, en cambio, no había podido ser recuperada, la fuerza de la corriente la había partido en dos. Tras dos días y dos noches en un hotel de Tours, Marcel estaba de nuevo en pie. Había pensado seriamente quedarse en cama un poco más de tiempo. Después de todo, su cuerpo estaba maltrecho. Por más que su línea de llegada fuera acercándose, ya no sabía muy bien lo que quería encontrar allí, ni siquiera por qué seguía avanzando. Estaba en pie porque sabía que, si no se levantaba allí, podía dar por terminada la partida. Lo que lo empujaba también era la muda convicción de que, al final de la aventura, una vez que lo hubiera dado todo y quizá perdido todo, sabría realmente por qué había jugado. Si, en la otra orilla, la isla de los bellos mañanas ya no le prometía al héroe el amor de su mujer, ¿le daría un sentido a su valor?

Así que se había comprado otra canoa. Las primeras paladas fueron ansiosas, pero volvió a deslizarse por el Loira y empezó de nuevo a desgranar los días y los kilómetros en compañía de Céfiro y Bóreas.

¿Qué decir de los últimos centenares de kilómetros? Marcel había recobrado la energía. Río arriba había conocido lo peor, el dolor físico, la desesperación, y afrontado la mirada de Dios y las risas de aparecidos. Ahora ya no tenía miedo de nada. No era que se sintiera con valor; era simplemente que había olvidado por qué tenía miedo. Había olvidado por qué tenía miedo de su edad, miedo de irse de su casa, miedo del mañana, miedo del ayer, miedo del cambio y miedo del no cambio. Y miedo del abandono de su mujer. Había olvidado muchas cosas, las que no se conjugaban en presente. El Loira lo había lavado todo.

Después de haberse desviado hacia el río Vie, dejó la canoa en Saint-Gilles-Croix-de-Vie y recorrió a pie los treinta kilómetros que había hasta Notre-Dame-de-Monts. Cuando, un sábado, bajó por la avenida del Mar que llevaba al terraplén, caminando como un rey antiguo entre los puestos de gofres y patatas fritas, solo vio lo que lo separaba todavía de su objetivo: la isla de Yeu. Esa era la verdadera meta.

Pero si Marcel pensaba que iba a detener sus pasos en la playa de Notre-Dame-de-Monts sin toque de trompetas y redoble de tambores, estaba apañado. Porque eso era no tener en cuenta a Céfiro, que lo había empujado hasta allí precisamente aquel día porque le reservaba una sorpresa. En el cielo revoloteaban cientos de cometas. Pequeñas y grandes, poblaban el azul del cielo: triángulos de color, obras maestras de ingeniería y aerodinámica. Un pulpo, un osito con corbata, brujas montadas en sus escobas, un tubo multicolor, pájaros de origami, un saltamontes gráfico, un angelito rubio un poco ridículo con su pilila. Y había también gigantes: tres grandes rostros chinos siniestros que reinaban en el cielo, fanfarrones con sus colas de diez metros. Una enorme salamandra negra y roja que necesitaba cuatro hombres para sostenerla, con las patas enredadas en los hilos; el lagarto de cinco metros no quería emprender el vuelo como san Miguel y su dragón. Tiburones, una jota de tréboles, un pterodáctilo, círculos, cuadrados, triángulos con dos patas que caminaban por la playa...

Y en tierra había otras tantas esperando su momento de volar, el viento y los brazos de los hombres. Niños se abrían paso en el aire atravesado por hilos. Todos coincidían en decir que no había mucho viento. Céfiro, por su parte, nunca había sido tan feliz.

Todos los rostros, salvo uno, miraban el cielo. Marcel, sentado junto a su mochila, miraba el mar. Esa isla de Yeu que el buen tiempo dejaba a la vista parecía tan cercana que uno creía ver las casas blancas de Port-Joinville. El lugar donde estaba en juego la vida de Marcel era la isla más alejada del continente de todas las de la costa francesa. Un transbordador hacía el trayecto cada hora y, sin embargo, Marcel debía ir a nado porque así lo había decidido, y no, en efecto, no le daba vergüenza hablar de destino.

Una sombra tapó el sol y las dudas volvieron. Diecinueve kilómetros de Atlántico lo separaban de esa isla. Diecinueve kilómetros de aguas profundas y corrientes caprichosas, diecinueve kilómetros de historias de ahogados. Aún tenía la opción de abandonar. Jamás llegaría. Marcel masticaba sus desilusiones en su boca reseca, y tenían el sabor familiar de la angustia que lo seguía desde el monte Gerbier de Jonc. ¿Quién le susurraba esos pensamientos nocivos? El sol apareció de nuevo, volvió a desaparecer, apareció otra vez, demasiado deprisa para que fuera una nube. Marcel alzó los ojos y vio en las nubes un vestido de novia.

¡Jacqueline! ¡Era Jacqueline, que desde el primer día le decía que era un don nadie! No lo decía, por descontado, pero lo pensaba, él sabía que lo pensaba. Toda la culpa la tenía ella. ¡Él habría podido hacer muchas cosas si ella no hubiera estado ahí dando por sobrentendido que no era capaz! ¡Tanto tiempo pasado en consultas de médicos, cuando tenía proezas al alcance de la mano! ¿Cuántos Loira habría podido recorrer, cuántos océanos habría podido cruzar, si ella no se lo hubiera impedido? Y pensar que iba a esa isla por ella... ¡Esa hermana enemiga!

En aquel momento la sombra desapareció de nuevo y Marcel percibió movimiento a su espalda. Se volvió: la novia estaba en el suelo. Dos hombres y un niño intentaban desenredar los hilos de la gran cometa para permitir que volara de nuevo la inmensa tela blanca del vestido y la cara de color rosa que ondulaba sobre la arena.

Marcel volvió a contemplar la isla, bajo el cielo.

Al final ya no sabía por quién y por qué debía ir. Solo sabía que era demasiado viejo para abandonar en esos momentos.

42

Al día siguiente de la conversación con Arminda, Jacqueline abrió los ojos temprano, el sol apenas empezaba a salir. Había dormido profundamente. Al despertar, la claridad le pareció extraña y el bungalow le dio una sensación de agradable misterio. Inmóvil en la cama, trató de recuperar el hilo de los días pasados. Luego, las veladas anteriores le volvieron a la mente, y también aquel aire de fado, seguido de las sábanas sacadas al aire libre, el corte de pelo de Nane y el secreto destripado. Las disculpas a Arminda, la aventura de Marcel, las confesiones a la luz de la isla, las palabras de Nane bajo su sombrero de paja. Por último, ese día: iba a firmar los papeles para alquilar la casa. Sus ojos recorrieron la habitación, que la claridad empezaba a mostrar. *La Virgen de la Ternura* seguía allí, en su marquito barato. ¿Lo había soñado? ¿Era verdad? ¿Lo había contado todo? ¿Lo había dicho todo sin dejar la menor zona de sombra, sin reparos? Un coche pasó a lo lejos. Lo oyó alejarse y cerró los ojos. Su vida desfiló despacio detrás de sus párpados: el pasado se difuminaba; el presente estaba ahí, vibrando, audaz. La casa pronto sería suya. Una nueva vida empezaría. Vio también la carta de Perpétue; el día anterior no se había acordado de hablarle de ella a Nane. Tendría que hacerlo ese día sin falta.

Pero Nane todavía estaba durmiendo, ¡era muy temprano! En su relojito de oro, las seis menos veinte. La agencia no abría hasta las diez. Una vez vestida y maquillada, cogió el sombrero de paja y la bicicleta y se alejó por la carretera. Y yo la seguía. Aún no sabía que era la última vez que veía mi budelia.

Jacqueline tenía una sensación extraña. Se encontró con el sol que salía sobre los campos dorados y supo que no, no era ni alegría ni tristeza. Pasó junto al aeroclub y las moreras que bordeaban la carretera. Una nube solitaria, vaporosa, que flotaba en el cielo intensamente azul, parecía seguirla. Era Apeliotes, por supuesto. Siguió pedaleando en ese comienzo del día. En un cartel, la playa de las Sabias. Jacqueline no era exactamente otra, ni tampoco exactamente la misma. Respiró el aire fresco de la mañana y sintió profundidad en su estómago.

Dejó la bicicleta delante de la playa, cerró con llave su antirrobo rojo y notó las agujetas al levantarse. Frente a ella, la arena anaranjada, las rocas con franjas verdes y el mar de un azul oscuro que se iluminaba de transparencia al entrar en contacto con la isla. Estaba sola, sola con dos barquitas cuyo mástil permanecía inmóvil en la línea del horizonte. Persistía esa fluctuación en su corazón a la que no conseguía poner nombre. Así que no se lo puso. Dejó que las casetas de playa de madera azul siguieran durmiendo y subió hacia el viejo castillo. Solo, también él, en medio de un océano de destellos. El viento de la mañana perfumaba de siemprevivas aquel pedazo de tierra que terminaba en arrecifes. Caminaba, subía y bajaba al sol, bordeaba la costa sin acordarse de la bicicleta dejada en la playa de las Sabias. Continuó andando al son de los insectos y las gaviotas, más madrugadores que los hombres. Y anduvo también entre las hierbas secas y los cardos. Pasó junto a la espuma del Agujero del Infierno, que salpicaba de blanco el negro brillante de los acantilados. Dejó atrás el Grand Vilain y la punta de la Père, hasta que pudo ver el pequeño puerto de la Meule. Y detrás, en lo alto, Notre-Dame-de-Bonne-Nouvelle.

El puerto estaba despierto. La marea casi baja hacía inclinarse los mástiles de los barquitos. Las voces de algunos pescadores sonaron dentro de las barcas. El ruido de una vespino, los tejados de color naranja, las contraventanas azules que alguien abría. Bajó hacia los arrecifes. Sonrió quizá. Luego recorrió el puerto, llegó hasta el pequeño bar, donde un camarero sacaba a la terraza unas sillas de plástico. El sonido de la cafetera, el viento silencioso en las glicinias. Después subió por el otro lado del puerto. Llegó por fin, sin aliento, a la pequeña capilla de Notre-Dame-de-Bonne-Nouvelle y la dejó tras de sí para ir a ver estrellarse el océano contra aquella isla tan bonita.

Llegó hasta el borde, allí donde la tierra descendía un poco, pero no demasiado, para acabar en el vacío esculpido de los acantilados. A sus pies, el mar verde, y los arrecifes enmarcando un horizonte que le pertenecía solo a ella. Suspiró y se sentó sobre la hierba. Y, una vez sentada, en medio de aquel paisaje demasiado grande, comprendió lo que pasaba en su interior.

No pasaba nada.

Aquella voz que la acompañaba todos y cada uno de los instantes, desde los más claros hasta los más solitarios, se había callado. Desde aquella mañana, Jacqueline recorría la isla como una huérfana serena. Aquella mañana el silencio había nacido. Miró el horizonte y sintió de nuevo en el estómago como una ausencia. Pero no, no era ausencia. Era hambre. Un apetito tímido y milagroso a la vez.

Se tumbó sobre la hierba. Sí, se tumbó sobre la hierba. Sin una pregunta, sin que la vejez objetara nada. Después se cubrió los ojos con el sombrero de paja por donde entraba el sol. Miles de faroles mudos y borrosos iluminaron cosas caducas, esos momentos inolvidables y sin embargo jamás vividos, esos recuerdos soñados en aquel mismo sombrero de paja el verano anterior a sus diecisiete años. Unas lágrimas, imaginadas tal vez, multiplicaron hasta el infinito los faroles, y, hasta el infinito, vio en el sol su juventud entera. Aquellos instantes intensos con Paul, aquel entusiasmo roto demasiado pronto y que corría por sus mejillas, y también la danza de las promesas demasiado grandes, que fue a sumarse al caleidoscopio acompañada por las olas que lamían los arrecifes y el olor de la tierra seca. Al pensar en esa vida de jardín sin vecinos que la esperaba, todo se volvió claro. El futuro se presentaba ante sus ojos, Jacqueline habría podido aspirar los perfumes de verano. Los mañanas estaban ahí, al alcance de la mano por primera vez. Estaban ahí y eran bellos, y por fin creía en ellos. Retiró el sombrero de paja y, no sin dificultad, se levantó.

Ahora sabía. Había consultado a su oráculo de paja y todo estaba iluminado. Entonces, en aquellos acantilados grandiosos y muy pronto ardientes, la anciana sonrió; por primera vez, veía aquella isla como una posibilidad, su isla. Ya no sería la isla de Nane, sino la suya, la suya. *An island of one's own.*

No obstante, faltaba una cosa por hacer. La vocecita debía hablar una vez más, la última. Así que Jacqueline subió hacia la capilla, y yo la acompañé. Siempre la había visto de lejos, esa capilla inmóvil en la costa desierta, dominando el agua centelleante. Blanca en su sencillez, como la novia que ella habría querido ser, despojada de todo, con ese aspecto de comprender lo esencial. Entramos juntas. Jacqueline la había imaginado silenciosa; pero en la capilla resonaban todos los ruidos de la isla. Apeliotes, que fuera no hablaba a los hombres, al adentrarse entre aquellas paredes blancas se volvía locuaz, tocaba órganos invisibles. La anciana se quedó junto a la puerta, sin atreverse a ir más allá. Vio la pequeña maqueta del velero, el ramo marchito en el altar. En una hornacina, un portavelas azul. Y, radiante en aquel reino de bancos vacíos y viento, la Virgen María pintada como una geisha con su Niño Jesús. *La Virgen de la Ternura* y de los marineros perdidos.

Jacqueline buscó los ojos de alabastro y se sentó en un banco. Entonces, aquella voz que pronto iba a callar del todo murmuró:

«Adiós, ángel mío. Te he llevado conmigo durante cincuenta y seis años y algunas noches más, pero ahora debo dejarte. Te he buscado un bonito lugar, ¿ves? ¡Qué bien vas a estar en esta isla donde se ríe al son de canciones tristes, donde el viento nunca deja que el silencio se pose en los acantilados! La Virgen María cuidará de ti entre sus brazos con sabor de sal. Tiene al Niño

Jesús, pero te querrá a ti también, mi amor, mi niño transparente, tanto como yo. Adiós, hombrecito mío, te dejo aquí, con vistas a este mar que es tan bonito y que miraré a menudo. Ahora debemos separarnos para que yo viva las promesas que hice ayer. Ayer, cuando tenía diecisiete años».

Unos días más tarde, Jacqueline cerraría despacio la puerta del bungalow. Dejaría que la sombra invadiera las baldosas de cerámica hexagonales, las arañas criaran en los rincones, las perchas chocaran contra el viejo armario y las viejas sábanas bordadas siguieran durmiendo.

Y yo, pobre de mí, me despedía también de Jacqueline en aquella capilla. Me tumbé sobre la cera de un portavelas para que mis alas descansaran y para velar por el ángel de mi bella dama de la isla. Adiós, Jacqueline Darginay de Boislahire. Todavía no he muerto, respiro lo justo antes de reunirme con el polvo. Y espero a los vientos para que me lleven y terminen de contarme tu historia.

Afortunadamente, Dios me concedió suficientes días de vida para oír el resto. Fue Céfiro, el fiel Céfiro, quien vino a verme para contarme lo que había visto. Bajo el sol pálido de un amanecer de agosto, Paul y Marcel esperaban en la playa desierta de Notre-Dame-de-Monts. Los dos, sentados en la duna, mirando el océano.

43

—Creo que he encontrado una —dijo Paul.

—¿Una qué?

—Una supernova. He mandado las coordenadas a unos tipos de Nueva York para que las validen, pero estoy bastante seguro de mi descubrimiento.

—¡Enhorabuena! —exclamó Marcel, dándole una palmada en la espalda—. ¿Y eso qué significa? ¿Aparecerá tu nombre en unos telescopios?

—Significa que he visto la luz de una cosa que pasó en el nacimiento del mundo. ¡No es moco de pavo! Una explosión de luz gigantesca que iluminó el universo, pero de la que nadie supo nada porque la energía ha tardado todo este tiempo en llegarnos. Lo que yo he visto es un destello minúsculo, pero es lo más hermoso que he tenido oportunidad de ver en mi vida.

—Me alegro por ti, amigo. —Marcel miró el reloj: eran casi las seis—. Bueno, no puedo entretenerme mucho —dijo.

Tras unos minutos de silencio, Paul murmuró con voz grave:

—Hay una cosa que siempre he querido decirte, pero nunca me he decidido a hacerlo. Bueno, quizá haya prescrito, con todo el tiempo que ha pasado. Es de cuando todavía era sacerdote.

Marcel lo interrumpió:

—¿Es otra de tus metáforas o es algo que me afecta realmente?

—Yo diría que es algo que te afecta. —Paul tragó saliva y se lanzó—: La mujer por la que dejé a Dios era Jacqueline.

Marcel no rechistó. Era como si el hombre estuviera ya en el mar.

—Yo... —continuó Paul—. Nunca hemos hablado de eso, nunca nos hemos visto a solas, quiero decir...

—Hay una cosa que me gustaría pedirte, relacionada con los tiempos en que eras sacerdote —lo interrumpió Marcel, con la mirada fija en la espuma.

—¿Qué? —preguntó Paul, ansioso.

—La absolución.

Paul se echó a reír. Marcel continuó, serio:

—Verás, este paseo me ha hecho reflexionar. Lo que he vivido antes, me he dado cuenta de que se ha ido. No sé adónde, tal vez se lo ha llevado el agua, o tal vez tus estrellas, vete tú a saber. En cambio, nunca sabemos lo que vamos a encontrar en la otra orilla, allí. Y no te hablo de la muerte. Te hablo de la vida. Voy a empezar otra allí, aunque todavía no sé lo que será. Pero quiero ir en paz..., por decirlo de algún modo.

Paul comprendió que su amigo hablaba en serio. Entonces unas palabras en latín se mezclaron con el canto de las olas. Luego se hizo el silencio y Marcel se levantó.

Paul le dio un apretón de manos viril y dijo:

—¿Estás seguro? No tienes por qué hacerlo.

Por toda respuesta, Marcel, enfundado en su traje negro, se colgó en los hombros la pequeña mochila estanca, se despidió de él, dio unos pasos y se metió en el agua. Sin volverse, empezó a nadar hacia la isla de Yeu.

Paul se quedó en la playa. Se sentía culpable por no haberle repetido a Marcel que era una locura, que nadie había intentado nunca hacer ese recorrido a nado, que iba a ahogarse. Ya era demasiado tarde.

«Por lo menos, tendrá buen tiempo», pensó Paul metiéndose las manos en los bolsillos.

Se quedó en la orilla hasta que dejó de ver a Marcel en el agua parda y tranquila. Reflexionó en la absolución que acababa de pronunciar: ¿lo absolvía a él también? Se sumergió entonces en ese futuro que lo esperaba al otro lado del Atlántico. Cuando no vio más que el flujo y el reflujo del mar, hizo una señal de la cruz y se fue.

La playa volvió a quedarse desierta y Escirón aprovechó para salir de detrás de los pinos.

44

Las tres primeras horas Marcel nadó deprisa y bien. El agua estaba en calma y se habría dicho que las corrientes lo transportaban. Port-Joinville parecía al alcance de la mano, incluso veía la guirnalda blanca que bordeaba la isla, ¡estaba tan cerca! La verdad era que no era su cuerpo el que lo llevaba, sino la violencia de las revelaciones de Paul. Había creído que podía hacer las paces con el pasado, pero este había vuelto para lanzar un último ataque.

Su mujer lo había dejado. Ya no se acordaba del momento en que se había metido en el agua, ni de aquellas primeras horas nadando. No estaba nada seguro de ser él ese hombre que había recorrido el Loira aguas abajo, el recuerdo se volvía lejano y dudoso. Recordaba claramente la noche de su última discusión con Jacqueline en Erquy, la mariposa nocturna que chocaba contra la ventana. ¿Por qué se acordaba de ese detalle cuando todos los demás se escabullían? Repasaba su historia a cámara rápida, fragmentada. Toda su vida en Erquy. La mariposa contra el cristal. La marcha de Jacqueline. La absolución de Paul en la playa. Este océano que no lo quería.

Comenzó a notar el frío. Pero no era grave. Luego, la monotonía del esfuerzo empezó a minar sus músculos. Aunque eso tampoco era grave. Más tarde llegaron los temblores. Pero, se decía Marcel, seguía sin ser grave. No era grave el dolor agudo en las rodillas, no era grave la quemazón en los pulmones, no era grave que el agua salada le obstruyera la garganta, que los cincuenta años de matrimonio se los llevara la corriente. Finalmente, al cabo de seis horas, con el mar que despertaba, llegó la angustia. Y eso no era grave..., era fatal.

¿Por dónde iba? ¿Por la mitad? ¿Menos? ¿Llegaría? Y ¿en qué punto de su existencia estaba ahora? La vida, la travesía, todo se iba a paseo. ¡Vaya sitio para darse cuenta de que había que reconstruirlo todo, en medio de nada! Concentrarse en sus movimientos, eso era lo que debía hacer. Un brazo adelante, el movimiento de los pies, la respiración. Pero ya no avanzaba. Su cuerpo había dado todo de sí, al fin y al cabo, ¡era tan viejo...! Los transbordadores que pasaban no serían de ninguna ayuda, por supuesto; al contrario, esos edificios flotantes que desgarraban el océano con un temblor de espuma, de ruido y de chatarra... serían su muerte segura si se acercaba a ellos. ¿Un barco de pesca, tal vez? No había visto muchos ese día. Y en ese instante, alrededor de él, no veía nada. Ni el sol, ni la isla, ni siquiera el océano. El cielo había adoptado un color entre gris y verde plomizo. No había advertido la presencia de Escirón, el gran viento, pero ahora descubría a todos sus soldados exasperados, esas olas que desfilaban incansablemente y lo dejaban impotente. Marcel, en medio, subía y bajaba. Cuando una ola lo propulsaba hacia arriba, veía, como desde un mirador, aquel mar que se había vuelto monstruoso. Y cuando bajaba en el hueco de las olas, aquellas bestias gigantes y verduscas lo miraban desde lo alto y le recordaban hasta qué punto él, el hombre, era insignificante en esa inmensidad caótica.

Así fue como a Marcel le apareció la muerte: natural, evidente. Estaba tan cerca que podía tocar sus dedos de espuma. Entonces, dejó de temblar y miró ese Estigia verde, ese desierto de agua y cielo, y se sintió preparado, tranquilo y profundamente lúcido.

De repente, al romper una ola inmensa y negra, la vio detrás, vio la figura huidiza que lo había seguido a lo largo de mil kilómetros, quizá de mil años también, y no era Jacqueline. ¡Menos mal, no era ella! Por fin reconocía a ese fantasma tan familiar que le había susurrado lo absurdo de su ambición, la futilidad de sus sueños, empapado también él y en el límite de sus fuerzas, pero muy presente pese a todo. Entonces, pendiente su vida de un hilo y descoyuntado por un mar embravecido, Marcel miró de frente a ese fantasma: era Marcel Le Gall.

En ese río que iba hacia sus viejos días, había intentado reconocer al que siempre le impedía ser él mismo. Había creído que era Dios, había creído que eran los malintencionados o su mayor amor. Pero no, era él, Y él solo era todo un ejército.

El recuerdo de su historia volvía con mil rostros. Todos los hombres que había sido, los que había querido ser y los que había creído ser estaban allí, en el agua. ¿Quién era realmente él, de todos esos personajes? ¿El niño que rabiaba bajo los golpes de su padre, el adolescente que gastaba bromas crueles, el pretendiente no querido? ¿El soldado de Argelia que soñaba con desertar, el jefe justo y el jefe injusto, el amante apresurado de una mujer de paso? ¿El amigo fiel, el amigo generoso? ¿El buen hijo, el mal hijo, el nunca padre, el que se las daba de guapo, de mentiroso, de tramposo, de héroe de un día, de ganador, de perdedor? Estaban todos allí viéndolo morir.

«¿Lo ves? —le susurraban—, te lo habíamos dicho... Te lo habíamos dicho, que todo eso acabaría en el cementerio.»

Marcel se abandonó entonces a las olas, que lo atraparon en su oscuridad. Mientras se hundía, tuvo un pensamiento extraño.

Era la suma de todos esos hombres.

45

—¡Señora Verbowitz, señora Verbowitz! —gritaba la señora Tricot, la vecina, maquillada y permanentada, corriendo torpemente por el jardín con unos zapatos nuevos de tacón.

Al primero que vio fue al pequeño Conrad en su triciclo, y le espetó:

—¡Dile a tu abuela que tiene que venir enseguida!

Entonces el crío se puso a gritar, y su hermana también:

—¡Yaya! ¡Yaya!

Y la vecina, a coro:

—¡Señora Verbowiiiiiiiiitz!

—¡Ya voy, ya voy, ya voy! ¿Qué pasa? —dijo Nane, saliendo lentamente de detrás de los cenadores.

—¡Señora Verbowitz! —chilló la señora Tricot, sin aliento y visiblemente angustiada—. ¿Cómo es que no contesta al teléfono? Han encontrado al marido de su prima. ¡Ay, Dios mío!

—¿Dónde? ¿Dónde lo han encontrado? —preguntó Nane.

—¡En el puerto! Lo han llevado al hospital Dumonté, ¿sabe dónde está?

—Pero ¿está vivo o muerto?

—Bueno, no lo sé muy bien; por lo que decían, su aspecto no era muy alentador.

—¡Válgame el cielo! —exclamó Nane—. Oiga, señora Tricot, ¿le importaría cuidar de los niños? Arminda está con el pescadero y...

—¡Ay, pobre, qué fatalidad! —exclamó la señora Tricot, atribuladísima—. Bernard y yo tenemos que coger un transbordador dentro de una hora para ir a ver a mi cuñada a Saint-Gilles. Y con todas estas emociones voy con retraso. ¡Ay, ay, ay! Estoy trastornada...

Y antes de que la señora Tricot hubiera podido hacerle la última pregunta: «Y su prima?», Nane se dirigía hacia la casa gritando:

—¡Niños! ¡Vamos, todo el mundo al coche, rápido, rápido! ¡Venga, arriba, hay que darse prisa! ¡Conrad, Fleur, al coche de la abuelita ahora mismo! Mathis, ve a buscar a Lolotte. ¡Philémon, Philémon! ¡Baja de ahí! ¡Ryan, Philémon, os lo advierto, si la abuela tiene que ir a buscaros, sé de unos que van a acabar con el trasero colorado!

Diez minutos después, lo cual era toda una hazaña para reunir a seis críos de entre cuatro y once años, todo el mundo se apiñaba en el viejo R5. Dos delante y cuatro detrás, y Nane, con el móvil pegado a la oreja, al volante. El R5 arrancó a toda velocidad y salió de la calle de la Forge entre una nube de polvo. Se dirigieron volando hacia Port-Joinville, se saltaron unos cuantos stops y aterrorizaron a unos ciclistas holandeses. Cuando llegaron al pequeño hospital, Nane hizo sentar a todos los niños en el vestíbulo y habló con el médico.

—¿Saldrá de esta? —preguntó.

—Es difícil decirlo. Si no le sube la temperatura por encima de los treinta y seis grados en las próximas horas..., con setenta y seis años..., yo sería pesimista. Los pescadores que lo rescataron en el puerto dicen que venía de Notre-Dame-de-Monts nadando. Hay que estar un poco guillado, la verdad.

Poco después, Arminda llegó corriendo al hospital, seguida de Bruno. Embarcaron a los niños y Nane pudo por fin entrar en la habitación número 12, donde Marcel estaba inconsciente. Pasó al otro lado de la cama y se sentó resoplando en la silla que se encontraba junto a la ventana. Miró largo rato al fantasma amoratado que yacía sobre el colchón y del que salían algunos tubos.

—Así que eres tú, ¿eh? —dijo.

Al cabo de un buen rato, siguió:

—¿Es verdad que has hecho mil kilómetros y los últimos diecinueve a nado? Pues chico, hay que reconocerlo, los tienes bien puestos. Pero ¡sería una memez parar ahora! Has hecho todo el camino, hombre, lo más difícil, sí, ¡no vas a palmarla ahora! Tengo un montón de críos y estoy segura de que tu historia los dejaría embobados, mira lo que te digo.

Nane no obtuvo ninguna respuesta. Miró por la ventana. Fuera, todo bullía como si tal cosa. Siguió con los ojos a una joven pareja provista de bicicletas y que parecía perdida, mostrándole un mapa a una viejecita local a la que habían abordado para preguntarle el camino. Nane no pudo evitar sonreír viendo a aquellos jóvenes impacientes y a la vieja que se enrollaba. Suspiró y miró de nuevo a Marcel.

—¡Caray —exclamó—, no es muy divertido charlar contigo! Conozco muertos más habladores que tú, ¿o es que no estás realmente muerto?

—Los he visto —afirmó Marcel en un susurro.

—¿Ah, sí? ¿Y se puede saber a quién? ¿A san Pedro? ¿Al Niño Jesús? —preguntó Nane, enderezándose en la silla.

Marcel abrió los ojos como platos.

—A los padres de mi mujer —mintió.

—¡Mierda! —musitó Nane.

Habría llamado a alguien, pero se dijo que sin duda era demasiado tarde. Marcel deliraba, pero había que hacer que siguiera hablando, eso lo mantendría con vida.

—En el agua. Decían que no iba a llegar, que era un cobarde.

—¿Y qué has hecho cuando los has visto?

—Nada —respondió él. La fiebre dejaba paso a una gran calma—. He continuado y ya está.

—¡Tengo la impresión de que haciendo eso les has dado una

buena patada en el culo a tus fantasmas! —dijo Nane, muerta de risa.

—Tú eres la prima Nane, ¿verdad? —preguntó Marcel, que parecía volver en sí.

La anciana asintió con la cabeza.

—Ah, entonces estoy en el sitio adecuado —dijo Marcel, y cerró los ojos.

—No quiero alarmarte, pero no tienes pinta de estar en el sitio adecuado.

Nane se recostó en el asiento. Tras unos segundos de silencio, dejó escapar una risita. Marcel abrió de nuevo los ojos con expresión interrogativa.

—De todas formas, hay que reconocer que tiene gracia —comentó Nane, sofocando la risa.

—¿El qué?

—¡Que no te conozca ni de oídas, y que te vea aquí como aquel que dice con un pie en la tumba, y me salgas con que en tus últimos instantes has visto a mi tía Cécile y mi tío Edmond! ¡Y que encima te hayan dicho que eres tú el mediocre de la familia! ¡Es la repera!

Marcel no contestó, pero su mirada era de incomprensión.

—¡Hijo mío, si los hubieras conocido, ya verías cómo le encontrabas el lado chusco! Tía Cécile y tío Edmond se pasaron la vida a la sombra de un héroe. El héroe de la Resistencia, el condecorado, caído por Francia en el campo del honor y toda la retahíla, ese era mi padre, ¡imagínate! El hermano mayor de Edmond. Y mi madre también tuvo su momento de gloria en nombre de la patria. A mí me la traía al fresco que mis padres fueran unos héroes; en realidad, habría preferido que no lo fueran, porque de ese modo quizá habrían estado en mi catorce cumpleaños en vez de ir a que se los cargaran. Pero, bueno, esa es mi cruz. En cualquier caso, Marcel, en las grandes familias sucede lo mismo que en las pequeñas: están los héroes y está el resto. Y Edmond y Cécile Darginay de Boislahire formaban parte del resto. Esa fue la cruz de ellos. No eran malas personas, no. Pero, figúrate lo que debe de ser pasarse la vida oyendo: ¿es usted el héroe de la Resistencia? No, es el otro. Por muy hermano que sea, la gloria te pasa por delante de las narices y, hagas lo que hagas en la vida después, solo quedan las migajas. Más aún cuando, personalmente, Edmond no hizo gran cosa. Así que tus suegros están enterrados en el panteón familiar, en Montrie. Pero, mientras que bajo el nombre de mi padre hay banderas francesas y palabras elogiosas y toda la pesca, y a veces la gente lleva flores, bajo el nombre de Edmond y Cécile, ¿qué hay? Viento. Ni más ni menos. Por eso, que mis tíos salgan en bañador un día de tormenta para decirte que no eres digno de la familia me parece tronchante. ¿Estás seguro de que eran ellos?

Marcel no decía nada. Jamás se atrevería a decir que el rostro que había visto en el fondo del mar, el rostro de su peor enemigo, era el suyo. Sin embargo, Nane había dejado de reír, como si lo supiera. Miraron ambos las nubes que pasaban entre las cortinas. Marcel tiró del embozo hacia arriba y tosió, lo que sobresaltó a Nane.

—En fin, no es cosa de sacar a relucir antiguallas —dijo la anciana—. Supongo que no has hecho todo este camino para hablarme de mis antepasados, ¿o es que quieres visitar las islas tú también?

—Jacqueline —dijo Marcel.

—Eso es lo que me parecía. Pero, como te he dicho antes, no estás en el lugar adecuado. —Tras una pausa, añadió—: Se ha ido.

—¿Adónde?

—Lejos.

—Verás —dijo Marcel—, acabo de chuparme mil kilómetros, así que eso de «lejos» ahora lo veo de un modo distinto.

Nane suspiró.

—No me creas si no quieres, pero no me ha dicho adónde iba.

Marcel meneó la cabeza. Ah, sí, eso sí que se lo creía. Estaba claro que a Jacqueline no le gustaban las confidencias.

—Se ha ido a Nueva York —anunció una vocecita desde el lado de la puerta.

—¿A Nueva York? —se sorprendió Marcel, frunciendo los ojos para mirar a un niño que había entrado en su habitación.

Era Mathis.

—A Manhattan —especificó este con orgullo, observando a través de sus gafitas azules al curioso pájaro que había atravesado el océano.

Al cabo de un momento, Nane agregó:

—No eres tú el único que está apenado. A mí también me habría gustado que se quedara.

—A Manhattan —repitió Marcel. Y, contra toda expectativa, sonrió—. Otra isla aún más lejana... ¿Y tú quién eres? —le preguntó a Mathis.

El chiquillo tomó la pregunta por una invitación y se acercó a la cama.

—Soy el hijo de Arminda y vivo con Nane. Yo la quería mucho, a Jacqueline. ¿Es verdad que has atravesado el océano?

—Ya lo creo, hijo. ¡No estás tratando con cualquiera, te lo aseguro! Totalmente solo ha atravesado el mar, el viejo Marcel.

Para dar énfasis a la afirmación, le habría gustado levantar un dedo, pero la simple idea del gesto le martirizaba el pecho. Así que se conformó con recobrar el aliento. Pese a todo, Mathis lo observaba como si fuera Neptuno en persona.

Permanecieron callados unos minutos, hasta que al final Nane se levantó.

—Bueno, aun así, habrá que remontar la pendiente. Pero tú confía en la vieja Nane, que para eso sí que estás en el lugar adecuado. Tengo un pequeño bungalow...

Y, mientras arropaba a Marcel y empezaba a ordenar las cosas en el cuartito, le explicó las condiciones de la estancia «remodelada» en la villa Linda Flor.

Le dijo también que Virginie Ouadé, una joven escultora de origen beninés, iba a instalarse en su casa con su hija Monette. La había contratado para organizar su estudio, en gran parte porque pensaba volver a dedicarse a la escultura.

—Una idea de tu mujer. Y no le falta razón, mientras esté ocupada con eso, no haré tonterías.

Pero no andaban precisamente cortos de dormitorios en su casa, y además, como suele decirse, cuantos más fueran...

—Oye —dijo Marcel—, ¿puedes llamar a la enfermera? Necesito incorporarme.

—Hay un mando a distancia justo para eso, ahí —intervino Mathis.

—Menos mal que tenemos expertos que nos acompañan, ¿eh, hijo? ¡La última vez que estuve en el hospital, tu padre no había nacido, no te digo más!

Pese al mando a distancia, Marcel estaba tan débil que incorporarse fue toda una odisea. Quería coger el teléfono de la mesilla de noche, pero una mueca le deformó el semblante. Se ponía a temblar en cuanto se movía un poco y seguía teniendo ese color amoratado que a Nane le partía el corazón.

Finalmente cogió el aparato y, despacio, muy despacio, pulsó las teclas. La señal de llamada sonó a lo lejos y Nane oyó el bip de un contestador automático.

—Paul, soy Marcel. He llegado a buen puerto, ha sido un agradable paseo. Oye, tú que conoces a la flor y nata de los periodistas, diles que tengo una primicia. Sí, el abuelito de Erquy tiene otro proyecto: Nueva York. El Atlántico a remo. Sí, señor. La señora se ha ido a Nueva York, así que hay que seguirla. Manhattan. Te llamaré, ¿eh? Bueno, hasta pronto.

Mathis exhibía una amplia sonrisa. Pero Nane miró a Marcel con tristeza y le susurró:

—Oye, Marcel..., tu mujer se ha ido y ha trazado una raya...

—Ya, ya, ya... —la interrumpió este, levantando la mano en la que tenía puesto el gotero para hacerla callar.

—Eh, señor Marcel —intervino el niño—, ¿cómo vas a ir a Nueva York, si no tienes maleta?

—Voy a hacerte una confidencia, hijo —le respondió Marcel en voz baja—. Aquí, las personas mayores van a tomarme por loco, pero presiento que tú y yo vamos a entendernos. —Tragó saliva lentamente y eso hizo temblar un poco las arrugas de su viejo cuello reseco—. Todas esas historias de travesías, sean del Loira, del Atlántico o de la vida, todas son lo mismo: la llegada es para los que tienen prisa, pero al final lo más importante es ponerse en marcha.

Nane meneó la cabeza.

—Pero no se lo digas al médico ni a las personas serias: es un secreto entre nosotros, ¿de acuerdo?

Mathis dijo que sí con la cabeza.

Cuando hubo recobrado el aliento, Marcel suspiró.

—Y pensar que ha hecho falta todo esto para que me diera cuenta...

Nane no sabía si «todo esto» quería decir la marcha de su mujer, los mil kilómetros por el Loira o sus setenta y seis años, o quizá incluso otra cosa. Le cogió una mano al anciano y la estrechó con la suya. A Marcel volvía a brillarle la mirada. Ellos también se entendían.

46

El otoño estaba todavía en sus inicios, pero hacía tanto frío como en noviembre. Aquel día, como todos los días desde el verano, y aun cuando el cielo estaba de un gris antracita, Marcel nadaba en el mar de la isla de Yeu con su entrenadora, Monette, de seis años. Pese a su total desconocimiento de los niños, le parecía que aquella niña lo convertía no solo en un atleta sin par, sino también en un abuelo fantástico.

En la playa de las Viejas lo esperaba un pequeño equipo de rodaje de France 3, así como un periodista de Neptune FM y otro del *Courrier de l'Ouest*. Todos ellos tiritaban en la playa y se impacientaban. Algunos curiosos se habían sumado al grupo. Bruno rodeaba con los brazos a Arminda y a Mathis, abrigados con polares. Los ojos del chiquillo brillaban de una admiración sin límites. Nane, con las manos estropeadas por el buril, observaba la escena desde lejos, calentita en el interior de su viejo R5. Cuando por fin el hombre-pez volvió a tierra firme, pusieron la cámara en marcha y sacaron los flashes. En el aparcamiento, Nane se dijo que aquel hombre le habría gustado a su padre. Chorreando de agua helada, Marcel, con los labios amoratados, dirigió a los presentes una amplia sonrisa cuando la productora le presentó una tarta de cumpleaños, sobre la cual intentaba desesperadamente encender unas velas.

Era la escena clave del reportaje: el hombre-pez, que hablaba de cruzar el Atlántico en solitario, celebraba ese día su setenta y siete cumpleaños. Sería una imagen sensacional: Marcel en la playa, enfundado en el traje con los colores de sus patrocinadores, soplando las innumerables velas con el mar embravecido de fondo.

—¡Tenía que hacer tanto viento justo hoy! ¡A ver si conseguimos encender estas malditas velas! —mascullaba la productora, nerviosa, luchando con el encendedor.

Al final, todo el mundo se congregó alrededor de la tarta a fin de resguardarla del viento y consiguieron encender las velas. ¡Acción! ¡Feliz cumpleaños! En las pantallas de las cámaras digitales y en el monitor del equipo de televisión, Marcel resplandecía como un galán joven. Radiante, decidido, impulsado por todos los hombres que había sido, atraído por el hombre que todavía no era, se preparaba para su gran travesía. Cuando se disponía a soplar, Céfiro, el viento pícaro, apagó las velas y abrió un claro.

¿Era el mismo viento que, en otro continente, se empecinaba en adueñarse de las faldas de bronce de una vieja dama francesa? Por más que soplara y soplara, ni un milímetro se movía. El vestido de Jacqueline, en contrapartida, era un derviche danzante. De pie en la cubierta del transbordador, la anciana veía acercarse Liberty Island y, en el centro, estoica en medio de la tormenta, la estatua de la Libertad. Al pie de la estatua era donde había quedado con Paul. ¿Iría? Sus dedos apretaban la bolsa de plástico de la librería de Eugene. Dentro había algunos libros para los niños de Djagballo, un sobre de papel kraft y una carta para Perpétue en la que le anunciaba que por fin había comprado un billete para ir a Benín en febrero. Pero Jacqueline se olvidó enseguida de Perpétue: había visto a Paul.

¡Qué torpes son los gestos de los jóvenes enamorados! Y más torpes todavía los de los enamorados que se conocen desde siempre. El viento se mezcló con la palabras del nuevo lenguaje que inventaban a cada segundo, el uno con el otro. ¡Qué importa lo que se dijeron! Estaban juntos.

Más tarde tomaron otra vez el transbordador para regresar a la isla de Manhattan. «¡Nueva York con Paul!», pensó Jacqueline. Por muy viejo que fuera el sueño, el embeleso que se apoderaba de ella era nuevo. Y, mientras el cabello le azotaba la cara y sus ojos se embriagaban de aquellos mañanas espléndidos, en alguna parte del universo una explosión cegadora llenaba el infinito de polvo irisado como las alas de una mariposa.

Pero tendrían que pasar muchas vidas para que un corazón pudiera captar un día su luz.

El papel utilizado para la impresión de este libro
ha sido fabricado a partir de madera
procedente de bosques y plantaciones
gestionados con los más altos estándares ambientales,
garantizando una explotación de los recursos
sostenible con el medio ambiente
y beneficiosa para las personas.
Por este motivo, Greenpeace acredita que
este libro cumple los requisitos ambientales y sociales
necesarios para ser considerado
un libro «amigo de los bosques».
El proyecto «Libros amigos de los bosques» promueve
la conservación y el uso sostenible de los bosques,
en especial de los Bosques Primarios,
los últimos bosques vírgenes del planeta.

Papel certificado por el Forest Stewardship Council®